남은 생은
일하지
않습니다

김강미 지음

나의 새 고양이는
일하지
않습니다

이 책을 집어 든 순간만큼은

오직 나 자신을 위해 한없이 이기적이고

나만 생각하는 철없는 아이가 되기를 바랍니다.

남은 생은 일하지 않습니다

내가 하는 일이 천직이라고 믿었던 시절이 있었다. 무작정 일을 잘하고 싶다는 간절한 마음이 나를 그렇게 믿게 했을지도 모른다. 그 믿음은 흔들리는 청춘의 가슴과 머리를 뜨겁게 했고, 일을 향한 무모한 열정을 키우게 했다. 그리고 서서히 나를 집어삼켰다.

먹고 자는 일 외에 내 일상은 오로지 일을 중심으로 돌아갔고, 내 결정과 선택의 우선순위는 단연 일이었다. 그때의 나는 일만 잘하면 충분히 내 존재를 증명하며 잘 살 수 있다고 믿었다. 연차가 쌓이고 실력이 늘고 슬슬 내 목소리를 높여도 괜찮을 때가 왔다는 생각이 드는 순간, 모든 것이 달라졌다. 회사라는 곳은… 일만 잘한다고 버틸 수 있는 곳이 아니었다. 요리조리 치고 빠지는 처세에도 능해야 하고, 억울하지만 타고난 운도 좀 따라줘야 하고, 남들에게 상처 주는 것쯤은 아무렇지도 않은 잔인함 또한 갖춰야 했다. 그런 몸에 맞지 않은 옷을 억지로 입으려고 애쓰면서 나는 끝이 보이지 않는 일들과 함께 지쳐가고 있었다.

그러다 결국 바닥이 드러나고 말았다. '나는 정말 이렇게 살고 싶었던 걸까?' 하는 깊은 자괴감에 빠지기 시작했다. 불 꺼진 텅 빈 사무실에 혼자 남아 처음으로 내가 몸담고 있는 회사라는 공간을 천천히 둘러봤다. 너무나 익숙해야 할 공간이 너무나 낯설었다. 갑자기 숨이 막혀왔다. 나도 모르게 쏟아지는 눈물을 훔치며 도망치듯 회사를 나왔다. 그리고 그날 밤 결심했다. 일에 갇힌 것도 모자라 내 전부를 내주지 않으면 안되는 이런 삶을 이제는 살지 않겠다고. 그리고 남은 생은 일에서 벗어나 나를 위해 살겠다고.

이 책은 일 때문에 잃어버렸던 나를 찾아가는 달콤쌉쌀한 이야기다. 어딜 가나 일 이야기밖에 할 말이 없었고, 하는 일 외에 나를 달리 소개할 말이 딱히 없었던 내가, 중년이 다 되어버린 시점에 뜬금없이 나를 찾겠다고 용기를 냈다. 그러기 위해서는 일에 길들여져 꼼짝달싹 못 하는 내 일상부터 새롭게 고쳐야 했다. 시간이 생겨도 딱히 할 일도, 하고 싶은 일도 없는 공허한 일상을 마냥 내버려 둘 수는 없었다.

답이 안 보이는 내일을 위한 준비와 앞으로 먹고살 걱정은 그만두기로 했다. 그저 일이 사라진 순백의 오늘과 내 일상에 집중하며 나를 웃게 하고, 나를 기운 나게 하고, 나를 기쁘게 하고, 나에게 감동을 주는 것들을 반복하면서, 일 때문에 꼭꼭 숨어버린 진짜 나를 찾아내고 싶었다.

나에게 일이 아닌 다른 기회를 주고 싶었다. 앞뒤 잴 필요 없이 내가 하고 싶은 것이면 무엇이든 죄책감 없이 마음껏 하게 해주고 싶었다. 결과를 기대하지 않아도 좋았다. 그저 내가 좋아서 집중할 수 있다면 그걸로 충분했고 보람 있었다.

습관이 되어버린 일을 완전히 벗어던지기까지 적지 않은 노력과 고통이 필요했다. 막막했던 그 순간들은 때로는 빠르게, 때로는 느리게 지나갔다. 그러나 어느 순간, 그 속에서 많은 것을 내려놓고 한결 가벼워진 내가 천천히 다시 고개를 들고 자신감을 가지기 시작했다. 누구도 알아주지 않아도 좋았다. 그리고 스스로 당당하게 외쳤다. '일 말고도 내가 할 수 있는 것이 차고 넘치는구나. 나는 이렇게도 살 수 있는 사람이었어!'

'우리가 소유할 수 있는 유일한 인생은 일상이다.'
카프카의 말처럼, 우리는 일상을 위해 자유롭게 날개를 하나하나 펼치기만 하면 된다.

TIP

일 말고 할 줄 아는 것이 없다는, 그래서 달리 어떻게 살아야 할지 모르겠다는 당신에게 이 책이 조금이라도 도움이 되길 바란다. 일 말고 할 줄 아는 것이 없는 게 아니라, 일 말고 다른 것을 해본 적이 없어서 그렇다. 그러니 지금부터라도 조금씩 용기를 내시길!

↻ 차례

또 다른
나를 깨우는
일상 새로 고침
안내서

일상 새로 고치기

"회사를 떠난 후 내 삶의 기준은 명확해졌다.

내 인생의 주인공은 '나'일 것.

그 하나면 충분하다."

1단계 | 일상 새로 고치기

번아웃에 빠진 날

"이건 다 네 책임이야. 이렇게까지 일을 몰아온 건 너의 지나친 욕심 때문이었어." 보기만 해도 정나미가 뚝 떨어지는 그분의 도톰한 입술에서 튀어나온 첫마디였다. (무조건 해야 한다고 닦달한 사람이 누구였더라.) 새빨간 크레용으로 얼굴 위에 역삼각형을 그리면 정확히 아래 꼭짓점에 위치할 그의 주둥이에서 일주일 만에 나를 향해 날아온 비수였다. (그간 온갖 핑계로 그를 피해온 내 탓도 있다.)

무조건 '네 책임'이라고 했다. 지금 일어난 모든 사태를 이 잡듯이 요목조목 짚으며 마지막에는 반드시 "네 책임이야"라고 덧붙였다. 계속해서 듣다 보니 정말 '내 책임'인 것도 같았다. 진행하고 있는 일도 많고 팀원들도 만사가 귀찮다는 듯 맥 빠진 눈빛을 보이는데, 또 일을 덥석덥석 물고 온 것도 모자라서 복잡하게 돌아가는 상황을 제대로 판단하지 못하고 내 뜻대로 일을 밀어붙인 것은 물론, 마지막까지 객기에 가까운 자존심을 놓지 못한 것도… 다 내 잘못이고 내 책임이었다.

아무 일 없었다는 듯 태연하게 회의실 문을 열고 나가는 그분과 10분 정도 간격을 두고 힘없이 회의실을 나와 내 자리로 돌아왔다. 따뜻한 봄 햇살이 눈치 없이 내리쬈다. 아 지친다. 갑자기 배가 고팠다. 다 먹고살자고 하는 일인데… 마음 편히 밥 한 끼가 먹고 싶어졌다.

팀원이자 직속 후배인 A와 회사 근처 횟집에서 이른 저녁을 먹었다. 소맥으로 바짝 마른 입안을 축이고 싱싱한 회 한 점을 초장에 찍어 억지로 몇 점 쑤셔 넣었다. "힘들다 힘들어. 일도 회사도… 내가 뭘 더 어떻게 해야 하지. 전부 내 마음 같지는 않아도 할 만큼 했는데⋯ 이제는 숨이 막힌다." 나 못지않게 깊은 한숨을 연거푸 내쉬며 내가 내민 잔을 말없이 받던 후배 A는 나를 물끄러미 본다. 그 눈빛엔 분명 억울함과 원망이 서려 있었다. "팀장님만 그렇게 힘들었을까요? 저희는요⋯ 그동안 아무렇지도 않았을까요?" 순간 술이 번쩍 깼다. 그런 거였다. 내 잘못이라는 게. 내 책임이라는 게.

새로 맡은 그 프로젝트는 누가 봐도 거절했어야 했다. 다른 팀장들이 고개를 돌린 데는 그만한 이유가 있었다. 영악하지 않음이 미덕은 아니었다. 사회에서 최소한 이만큼 뒹굴었으면 영악함은 실력보다 생존을 위한 필수 덕목이 되어야 한다는 걸 나는 왜 눈치채지 못했을까? 아니, 이건 눈치의 문제가 아니라 나의 절대적인 부족함이 분명했다. 소위 출세라는 과업 달성을 위한 사회성의 결여이며, 나를 믿고 따르는 팀원을 향한 민폐였다.

그다음 날, 나는 사표를 쓰기로 결심했다. 그래야 할 것 같았다. 다른 누구를 위해서가 아닌 이미 바닥을 드러내고 있는 나를 위해서였다. 아무리 노력해도 더욱더 노력해야 하는, 다음 과제가 언제나 준비되어 있는 그런 삶을 더는 살고 싶지 않았다. 그리고 내가 지금까지 천직이라고 굳게 믿었던 이 일을 향한 어떤 구차한 변명과 미련도, 매번 발목을 잡았던 징글징글한 애증도, 이제는 더 이상 가슴속에서 요동치지 않을 거라는 또렷한 확신이 들었다.

지금까지 충분히 활활 불타올랐고, 이제 남은 것은 바람 불면 날아가고 말 새하얀 잿더미뿐이라며 나는 스스로 절규하고 있었다.

그 후 회사라는 곳에서 내 몸과 마음의 짐을 모두 옮겨 오기까지 딱 한 달이 걸렸다. 그간의 세월과 역사가 담긴 손때 묻은 산물들을 커다란 슈트 케이스 하나에 모두 구겨 담았다. 나는 회사라는 동네와 그동안 얽힌 모든 금전 관계를 정리하고, 다양한 버전의 희로애락을 주고받던 동네 주민들과 몇 차례의 눈물겨운 이별 의식을 치른 후, 새 동네로 왔다.

그리고 소위 출근하지 않는 사람, 때 묻지 않은 하얀 손의 주인공이 되었다. 내일부터 뭘 할지 딱히 계획은 없었다. 그리고 계획대로 되지도 않는 계획 따위는 당분간 세우고 싶지도 않았다. 일단 그냥 일이 없는 새 동네에 적응해보기로 한다.

스무 살의 내가 그렸던
나는 사라졌다

지금 생각해보면 내가 광고 회사에 입사한 것은 순전히 나의 겉멋과 뻔뻔한 오버 액션 덕분인지도 모른다. 전문직이니까, 제법 그럴싸해서, 대기업 공채를 뒤로하고 광고 회사에 덜컥 지원했다. 그리고 최후의 당락을 결정짓는 임원 면접 날, 내가 얼마나 이 일을 간절하게 하고 싶은지 눈물까지 글썽이며 꽤 드라마틱하게 어르신들께 어필했다. 그 순간 아마도 그분들의 치기 어렸던 젊은 시절의 모습이 내게 반짝 투영되었을 것이며, 그것이 그날의 홍일점이었던 내게 심적으로 플러스 점수를 더해줬고, 결국 치열한 경쟁률 속에서 합격이라는 행운으로 이어졌다. 게다가 문학을 전공한 덕에 4년 동안 어찌어찌 갈고닦은 글재주로 실기 시험도 무사히 통과하고, 나름 주목받는 신입 사원으로 회사에서 가장 뜨거운 팀에 배치되는 기적까지 이루어냈다.

그러나 그것은 엄청난 시련의 시작이었다. 여유롭게 일을 즐기는 듯하지만 찬바람이 부는 프로들 사이에서 나는 한없이 주눅 들었고, 그것을 티 낼 틈도 없이 쏟아지는 일들 앞에 바싹바싹 말라가고 있었다. 그 시절 나는 하루하루가 절망이고, 나의 무능함을 매 순간 확인받는 고통의 연속이었다. 끝없이 이어지는 회의 시간마다 숙제 검사받듯 뒤죽박죽 엉망인 아이디어와 습작에 가까운 카피 들을 쏟아내야 했고, 속을 알 수 없는 선배들의 차가운 미소와 어색한 침묵의 순간은 나의 숨통을 조여왔다.

당시 나의 정신적인 멘토였던 동종 업계 선배의 조언은 힘든 순간마다 내게 버틸 힘을 줬다. "지금이 아닌 20년 후의 내 모습을 상상하라. '그때의 내'가 되기 위해 '지금의 내'가 무엇을 해야 하는지 역으로 생각해보라. 하루하루 그것을 하다 보면 어느덧 당신은 20년 후의 내가 되기 위해 반드시 경험해야 했던 20대의 행보를 걷고 있으리라." 매일 아침 쏟아지는 잠을 가까스로 밀어내면서, 회의 시간이 다가올수록 꽉 막혀오는 가슴을 쓸어내리면서, 불 꺼진 사무실에 덩그러니 혼자 남아 눈물을 훌쩍이면서, 나는 수없이 되뇌었다. 그리고 그 주문은 내게 분명 효력이 있었다.

나는 다른 동기들보다 제법 굵직한 기회가 많았고, 그 덕분에 몇 달 앞서 승진을 하고, 더 좋은 회사로 터를 옮긴 소위 날고 기는 선배들의 오른팔이 되었다. 그리고 그들과 함께 살아남기 위해 진흙탕 속에서 온갖 발버둥을 치고, 때론 영혼도 아낌없이 팔아가며 나의 30대를 고스란히 상납했다. 이런 생각을 하면 좀 슬프지만 누군가가 다시 그 시절로 돌아가고 싶으냐고 물으면, 난 한 치의 망설임도 없이 단연코 "노!"라고 말할 것이다.

그리고 마흔을 앞둔 어느 날, 나는 이 사회 속에서 갈 길을 잃은 미아가 되었다. 스무 살의 내가 마음속에 그렸던 '나'는 내 곁에서 영영 사라졌기 때문이다. 회사라는 문을 나오는 순간, 어제까지 내 손을 잡고 이끌어주던 마음속의 '나'는 거품처럼 사라지고 말았다.

나는 분명 작별을 고해야 했다. 아울러, 따뜻하게 감싸 안아주며 감사의 말도 잊지 않았다. 지금까지 나를 살게 해주고 견디게 해줬던 '나'에게. 나를 미치게 하고 아프게 했던 '나'에게. 참으로 힘들었던 순간에도 나를 떠나지 않았던 '나'에게. 그동안 정말 고마웠다고. 그리고 아낌없이 사랑했었다고.

고전 먹었어!

동치미국수, 기대해

스키니 떨어질 거야

재있지?

오옷… 근사한데

어때 애들아~

번써 근심돌다

조금만 더…
집중, 집중

하고 보다는 마음만으로
반은 해낸 거다

말세제질 안돼?!

TIP

강산이 두 번이나 바뀔 만큼 롱 타임의 내가 아닌 한 달 후면 만날 수 있는 숏 타임의 수많은 나를 그려본다. 고전을 읽는 나, 물김치를 담그는 나, 2킬로그램 감량에 성공한 나, 요가를 하는 나…. 다양한 나와 한 달에 한 번씩 신나게 조우해서 왕창 수다를 떤다.

습관이라는 공포

내 의지와 상관없이 나를 조종하는 것, 바로 습관이다. 곰곰이 생각해보면 습관이란 무서운 걸 넘어 잔인하기까지 하다. 시퍼런 새벽하늘은 떠오르는 태양에 뿌옇게 희석되고, 빛줄기가 커튼을 뚫고 머리맡으로 들어오면 눈보다 정신이 먼저 눈을 뜬다. 그렇다. 회사라는 동네에서 몸에 밴 이 습관은 세상 어떤 알람 시계보다 강력했다. 지금 당장 해야 할 일을 억지로 참고 있는 것처럼 묵직한 강도로 마음을 콕콕 찌르고,

머릿속에서는 이미 한풀 꺾인 잠을 몰아내기 시작했다. 나는 내게 차근차근 타이르듯 속삭였다. '아니래도… 아니라니까… 이젠 아니라니까… 더 자라. 제발 더 자라.'

결국, 침대에서 비스듬히 반쯤 몸을 일으킨 채 어정쩡하고 낯선 이 시간을 대충 메울 만한 대안을 찾았다. 텔레비전을 켰다. 비가 오나 눈이 오나 반복되는 '오늘의 출근길' 스케치 화면이 아나운서의 활기찬 목소리를 타고 펼쳐졌다. "오늘도 파이팅!"이라고 외치는 마지막 멘트가 순간 내 귀에 비수처럼 꽂혔다. 염장 지르나. 미간을 찌푸리며 신경질적으로 텔레비전을 껐다. 그리고 라디오를 틀자 마치 자신의 차례를 기다렸다는 듯 DJ의 아침 인사가 속사포처럼 쏟아졌다. "오늘의 교통 상황은 평소보다 원활하고… 오늘도 열심히 일하시고 희망찬 하루가 되기를…." 뭐야. 지가 사장이야? 열심히 일은 무슨… 음악이나 틀 것이지. 라디오를 껐다. 그리고 머리끝까지 이불을 뒤집어쓰고 눈을 감았다.

희미한 어둠 속에서, 기어코 잠의 흔적을 완전히 지우고 맑아진 내 머릿속은 온갖 헛소리를 지껄이며 허우적댔다. '오랜만에 운동이나 갈까? 조깅하는 건 어때? 무슨 소리야? 최근에 의사가 심장이 약하다고 했잖아. 갑자기 무리해서 뛰면 심장 터져 죽을 수도 있어. 게다가 그동안 막살아온 덕에 체력도 골골한 주제에⋯.' 더 자는 게 분명 정답이었다. 그간 엄청난 택시비와 수없이 맞바꾼 그 꿀맛 같은 아침잠은 다 어디로 도망간 걸까.

나는 절대 열 시 이전에 침대 밖으로 나오지 않을 것이고, 나와야 할 이유도 없었다. 일단 다시 눈을 감고 무조건 생각을 비우자. 그리고 스스로에게 최면을 걸자. '나는 잠을 잔다. 푹 더 잔다. 내 사전에 더 이상 출근은 없다.' 그런데 애를 쓸수록 잠이 더 안 왔다. 아침이면 늘 흐리멍덩하던 정신이 오늘따라 어이없게 맑았고, 눈이 자동으로 번쩍 떠졌다. 시계를 보니 여덟 시 반. 정확히 내가 집을 나와 회사로 출발하는 시간이었다. 하루의 시작도 내 마음대로 되지 않았다.

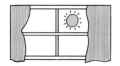

자긍쯤이면
8시 30분이나
됐으려나…

안녕, 핸드폰, 나 ~
둘러 해는 무시해라
무끄건 더 잔다,
푹 더 잔다

나는 없었다

틈만 나면 미친듯이 울려대던 휴대폰이 온종일 잠잠했다. 아니, 딱 두 번 울렸다. '고가의 임플란트까지 빠짐없이 커버'한다는 치아 보험 권유 전화와 '신상 휴대폰을 통신사 우수 고객에게만 저렴하게 판매'한다는 광고 전화.

회사에서 받았으면 벌써 매정하게 끊고도 남았을 전화를 멍하니 잠자코 들었다. 이 전화 속 주인공도 먹고살기 위해 애쓰고 있을 텐데 그 모습이 마치 예전의 나 같아서 순간 측은지심이 들었다. 나는 적당한 타이밍에 맞춰 가끔 고개까지 끄덕이며 "네" 하고 상냥하게 대답했다. 심지어는 "감사합니다"라는 인사로 친절하게 마무리하며 상대방이 전화를 끊을 때까지 잠시 기다렸다가 전화를 끊었다.

나는 휴대폰을 든 김에 400여 개가 넘는 연락처를 처음부터 끝까지 천천히 쭉 살펴봤다. 그러고 보니 가족과 몇몇 오래된 지인들을 제외하면, 죄다 회사와 협력 업체 사람들뿐이었다. 일이라는 큰 명분을 버리면 다 사라지고 마는 유통기한이 명확한 인연들. 그동안 줄곧 이들 중 누군가를 만나고 또 이들 중 누군가와 시간을 보냈을 것이다.

대학 시절을 함께한 그 많던 친구들은 다 어디로 사라진 걸까. 나는 일로 내 인생에 담을 쌓은 만큼 친구들과도 담을 쌓았다. 그리고 회사 밖의 나 자신과도 담을 쌓았다. 회사가 아니면 나는 어디에도 없었다. 회사가 아닌 곳에서는 나라는 존재를 증명할 방법이 아무것도 없었고, 결국 회사가 아니면 딱히 갈 곳도, 만날 사람도 없는 고독한 인간이 되어버렸다.

일을 향한 집착과 강박은 나와 다른 세계의 사람들 사이에 보이지 않는 선을 긋게 했다. 함께 일하는 동료들에게 둘러싸여 빠듯한 하루를 보내야 했기에 다른 누군가를 만난다는 것은 또 다른 스트레스가 되었다. 언제나 일에 갇힌 채 긴장의 끈을 놓지 못했던 나는 맹목적인 분노와 서글픔이 턱에 차서 늘 불안했고, 누군가에게 마음의 문을 쉽게 열지 못했고, 감히 다가가지도 못했다. 회사가 아닌 곳에서 나를 내보이는 게 한없이 어색하고 강제로 무대에 선 것처럼 낯설고 불편했다. 내게 세상 밖의 사람들은 그저 이방인에 불과했다. 내가 그들을 궁금해하지 않는 것처럼 그들도 나를 궁금해하지 않았다.

이제 회사라는 동네를 떠났으니 명함 속에 새겨진 그 이름의 주인공도 더 이상 내가 아니다. 나는 어디서부터 다시 나를 찾아야 할까? 나는 어디로 향해 나아가야 할까?

혼자 먹는 점심

아침까지 잠을 뚝뚝 끊어 잔 탓에 여전히 무거운 몸을 침대 위에서 뒹굴며 한참 동안 천장을 멍하니 봤다. 갑자기 배가 고팠다. 시계를 보니 벌써 열두 시 반이 넘었다. 어느새 직장인들의 구원이자 큰 기쁨인 점심시간이었다.

며칠 만에 연 냉장고는 예상대로 텅 비어 있었으며 형광등 불빛 덕분에 유난히 더 서늘해 보였다. 그런데도 허기를 채울

만한 것을 뭐라도 하나 찾아내고야 말겠다는 듯 그 속을 뚫어
져라 들여다보다가 결국 집을 나왔다.

이 평범하기 그지없는 주택가 구석에도 숨겨놓은 보물처럼
곳곳에 회사들이 있었고, 그곳을 지키는 회사원들이 넘쳐났
다. 가는 식당마다 삼삼오오 사람들로 가득 찼다. 이 시간에
혼자 밥을 먹으러 가면 식당 주인과 다른 손님들에게 민폐일
까? 그리고 죄다 회사원으로 보이는 그들에게 덩그러니 혼자
밥을 먹는 내 모습은 어떻게 보일까?

"기근보다 더 슬프고 거지보다 더 불쌍해 보이는 것은 많은
사람 앞에서 혼자 밥 먹는 사람이다. 세상 가장 슬픈 광경이
다"라는 프랑스의 모 사상가의 말처럼, 내가 그 풍경의 주인
공이 될지도 모른다는 생각이 들자 누군가가 내 뒷덜미를 꽉
움켜잡은 것처럼 온몸이 오싹해졌다.

순간 소심해진 나는 동네 식당 앞을 어슬렁거리며 창문 너
머로 식당 안을 힐끔거리기 시작했다. 이런 내 모습이 마치 일
본 드라마 〈방랑의 미식가〉의 주인공 같았다. 퇴직한 60대의

남자 주인공이 혼자 점심을 먹기 위해 동네 식당들을 두리번 거리며, 식당 문을 열기까지 얼마나 망설이며 고뇌하던지. 그게 뭐라고 참.

그런데 지금의 나 또한 다르지 않았다. (조금 과장을 보태자면 광고주 앞에서 프레젠테이션하는 것만큼 긴장되었다.) 홀을 부지런히 움직이는 아주머니들과 카운터를 지키고 있는 주인아저씨의 눈매가 범상치 않았다. 이 시간에 혼자 밥을 먹기 위해 4인용 테이블을 차지하고 분주한 아주머니에게 고작 1인분의 반찬을 나르게 하는 것은 분명 엄청난 민폐로 보였고, 그것을 이겨낼 뻔뻔함이 나에겐 없었다.

그냥 집으로 돌아가 라면이나 끓여 먹을까? 그러나 이미 흔하디흔한 이야기가 되어버린 게 혼밥이고 혼술 아니던가? 게다가 앞으로도 자주 벌어질 일이며 단지 시작이 어려운 것뿐이다. 일단 들어가기나 해보자 하는 생각으로 힘껏 식당 문을 밀었다. 혹시나 아는 얼굴이 있는지 재빨리 식당 안을 스캔하고, 가장 구석의 빈자리에 앉았다. 볼이 통통한 식당 아주머니가 물통과 컵을 가져다줬다. 돌아서는 아주머니에게 급하게 순두부찌개를 주문하고, 조심스레 주변을 다시 한번 찬찬히 둘러봤다. 혼자 밥을 먹으러 온 사람은 나뿐이었다. 내 인생 첫 혼밥의 어색함을 나누어 가질 사람은 이 식당 안에 없었다. 그리고 누가 봐도 집에서 뒹굴다 나온 것 같은 추리한 몰골의 40대 여인이 한쪽 벽면의 거울 속에 덩그러니 있었다. 오늘 저녁엔 무조건 대형 마트에 가야겠다. 혼자서도 먹고살 준비를 해야지.

음~ 혼밥 하기
적당한 시간이군

굿타이밍!

혼자 여행도 가는데,
혼밥은 기본이지~

순두부 제육 생선구이 쭈꾸미

혼자서도 잘먹겠습니다!

독서의 즐거움은
개뿔

이제부터, 마음을 다잡고 그 누구를 위해서도 아닌 오로지
나를 위해서, 알토란 같은 투자를 시작해볼까?

음… 우선 한때 문학소녀였던(독문학을 전공하고 심지어 릴케의
시로 졸업 논문을 쓴) 내게 말랑말랑한 마음의 양식부터 가볍게
맛보게 해줄까? 회사라는 동네에 사는 동안 줄곧 뒷방 신세
였던 소설부터 야금야금 읽어보기로 했다. 고전부터 신작까

지 모두 맛나게, 그리고 야무지게 천천히 씹어 먹겠노라 다짐했다.

시애틀 출장길에 사 온 스타벅스 1호점의 시그니처 원두를 과감히 개봉해 커피 한 주전자를 내리고, 간간이 새어 나오는 그윽한 향을 음미하며 애플이 나를 위해 골라준 잔잔한 클래식을 틀었다. 그리고 환한 대낮을 감쪽같이 숨겨줄 커튼을 이중으로 치고, 기다란 목이 유턴을 그리며 휘어진 노란 조명등을 켜고, 중세풍의 옷을 입은 두 남녀가 그려진 책을 펼쳤다. 커피를 홀짝이며 몇 페이지를 넘기고 반쯤 비워진 커피 잔을 채우고 몇 페이지를 또 넘겼다.

그런데 한 챕터가 끝나기도 전에 주인공들의 이름이 헷갈리고 앞 내용이 가물가물해졌다. (그러니까 이 여자가 그 남자의 옛날 여자 친구인가? 아니다. 여동생이었나?) 몇 페이지 앞으로 돌아가 빠른 속도로 다시 읽기 시작했다. 그러다 순간 나도 모르게 새어 나오는 작은 한숨과 함께 맥이 빠지고 말았다.

분명 눈은 책에 있지만, 머리는 다른 곳에 있었다. 내가 지금 소설 나부랭이나 읽고 있어도 되나? 지금 모두 한참 일하고 있을 시간인데… 나 역시 그들과 어깨를 나란히 할 만한 좀 더 생산적인 책들을 읽어야 하는 것은 아닐까? 예를 들면 앞으로 먹고살 방편을 마련하기 위한 1인 창업 전략이라든가, 아니면 요즘 대세인 중국어 교재? 혹은 나라에서도 열렬히 응원한다는 4차 산업 입문서? 잘 팔리는 여행 작가가 되기 위한 매력적인 글쓰기 요령서?

남은 생은 일하지 않겠다더니, 나란 인간은 생각하는 게 결국 또 일이었다. 솔직히 지금까지 내게 독서는, 일을 위한 도구이자 일을 위한 발견이며 그저 일을 위한 해결책에 불과했다.

회사에서 나와 함께 돌아온 책으로 가득한 박스 두 개를 열어보니 전부 일에 관련된 책들, 혹은 뭘 얼마나 더 성장하고 싶었는지 자기계발서뿐이었다. 그 흔해빠진 연애 소설 한 권도, 얇은 시집 한 권도 없었다. 이렇게 내 감성과 정서를 책임져야 했던 나의 좌뇌는 강산이 두 번 바뀌는 동안 덕장에 걸린 오징어처럼 꾸덕꾸덕 말라가고 있었다.

독서의 즐거움은 개뿔. 갑자기 슬퍼졌다. 이렇게 숨 막히도록 재미없게 살아온 내가 가엽고 한없이 측은해져서….

이 엄청난 몰입감~
세상 즐겁구나

때로는 생각지도 않았던 곳에서
즐거움이나 위로를 얻기도 한다

오타쿠
누님
1

Beer

혼자 보내는 수술
전날 밤

"어쩌면 그렇게 자기 몸에 무신경할까? 나이가 몇인데….'

2인 병실의 한쪽 침대에 누워서 어둠이 내린 창밖을 혼곤한 눈으로 바라보는 내내, 산부인과 의사의 말이 뱅뱅 맴돌았다. 같은 여자끼리 너무 매정한 말이었다.

일주일 전부터 불룩 나온 아랫배에서 딱딱한 무언가가 만져졌다. 대부분의 시간을 글과 그림을 끄적이며 방구석에서 보낸 탓이라고 생각했다. 그러나 내 몸은 여자가 맑아진다는 그날, 엄청난 피를 아래로 토해냈다. 결국 태어나서 처음으로 동네 산부인과를 찾았다. 자궁 속 근종이었다. 의사는 그 크기가 제법 커서 수술 외에는 방법이 없다고 딱 잘라 말했고, 비수 같은 말들을 연이어 던지며 빠르게 키보드를 두드렸다.

나는 막냇동생을 제외하고 나머지 가족들에게 내 수술 소식을 알리지 않았다. 아랫배에 손가락 한 마디 크기의 수술 흉터를 남기는 게 전부인, 그다지 대단한 수술도 아니고 어려운 수술도 아니라고 의사가 말했으니까 혼자 감당해보기로 했다. 비수 같은 의사의 말처럼, 이 나이가 되도록 자신의 몸 하나 제대로 돌보지 못한 무심한 나를 반성하면서….

의사들은 시간차 공격을 하듯 너 나 할 것 없이 수술 부작용에 대해 늘어놨다. 한마디로 요약하면 '최악의 경우는 언제든 생길 수 있다'. 병실의 불이 꺼지고 한참이 지났지만 아무리 애써도 잠이 오지 않았다. 머리맡 스탠드를 켜고 책을 펼쳐 들었다. 일부러 밝고 가벼운 내용의 에세이를 골라 왔지만, 책

속의 글자들은 느릿느릿 눈에서 흩어졌다. 어느새 병실에 들어온 간호사가 내 손에서 책을 뺏어 들었다. "잠이 안 와도 주무셔야 해요. 그래야 수술이 잘되니까 아무 걱정하지 말고 푹 자요." 그 말에 억지로 눈을 감았다. 순간 나도 모르게 뜨거운 눈물이 줄줄 흘렀다.

지금 이 눈물은 분명 나를 위해 흘리는 눈물이었다. 내게 진심으로 미안했다. 지금까지 써먹기만 하고 한 번도 제대로 돌봐주지 않았던 지난날이, 주먹만 한 자궁 속에 큰 혹을 품고 탈이 난 줄도 모르고 살쪘다고 원망만 했다는 사실이 속상하고 아팠다. 자책감을 소독약 냄새가 나는 베개 밑에 깔고 이런 밤이 내 생애 다시는 없기를 간절히 바라며 억지로 잠을 청했다.

다음 날, 수술실로 향하는 복도에서 천장에 달린 하얀 형광등이 내 눈 위로 휙휙 지나가는 그 짧은 순간이 가장 무서웠고, 기절하듯 금세 잠들었고, 누군가가 내 이름을 부르는 소리에 눈을 뜨자 엄청난 통증이 밀려왔다. 수술에 대한 감상은 이게 전부다.

나는 6일 만에 퇴원을 했다. 물론 또 혼자서. 3개월 할부로 병원비를 내고 근처 백화점의 지하 식당가에서 소고기샤부샤부를 덤덤하게 먹었다. 그리고 막 쏟아지는 여름의 햇살 속에서 신호등이 바뀌기를 기다리며 몽글몽글한 구름이 떠 있는 하늘을 가만히 올려다봤다. 고작 6일 동안이었는데, 아주 오랜만에 세상 밖으로 나온 기분이었다.

TIP

여자들에게 산부인과 진료는 선택이 아니라 필수다. 1년에 한두 번은 가
야 한다. 그래야 여자로서 자신에게 덜 미안해진다.

다 잊어버려

"다 잊어버려." 회사를 떠나는 내게 사람들이 가장 많이 했던 말이다. "그래. 다 잊고 새로 시작할 거야." 회사를 떠나면서 내가 사람들에게 가장 많이 했던 말이다.

그런데 나는 도대체 무엇을 잊어야 했던 걸까?

솔직히 누구에게나 아름다운 퇴사는 없다. 마지막 짐을 정리하던 날까지 한 회도 놓칠 수 없는 미니 시리즈처럼 스릴 넘치게 전개되었던 내 이야기들은, 나를 꽤 오랫동안 아프게 할 것이다. 마음속에 품었던 퇴사의 이유는 차고 넘쳤지만, 나는 침묵했다. 다시 한번 생각해보라는 회사의 배려로 주어진 일주일의 휴가 기간 내내 휴대폰은 불이 났다. 나를 걱정하기보다는 진짜 이유가 궁금했을 터였다. 파격적인 조건의 이직설부터 해외 지사 파견설, 심지어 있지도 않은 남자친구와의 결혼설까지… 수많은 소문과 풀리지 않는 의문을 남기고 나는 연기처럼 사라졌다. 그리고 내가 그동안 열과 성을 다해 목숨처럼 지켜온 알토란 같은 프로젝트들은 기다렸다는 듯이 누군가가 순식간에 낚아채 갔다. 아무리 눈과 귀를 닫아도 이런 이야기들은 불청객처럼 어느 날 갑자기 들이닥쳐서 마음을 흔드는 법이다.

'시간이 약이다'라는 불변의 처방이 실현될 즈음이면, 가슴 팍 주머니 속에 넣어두고 깜빡 잊어버린 송곳처럼 어느 날 불쑥 튀어나와 나를 또 찌를 것이 분명했다. 그 순간, 둔감한 척해도 심장을 조이며 토해내는 딸꾹질처럼 숨이 막히고 새하얀 불면의 밤을 보내게 될 것이다. 생각보다 나는 나약하고,

생각보다 나는 독하지 못하다는 사실을 이런 순간이 되어서야 확인한다. 그리고 누구에게도 털어놓지 못하는 비밀을 간직한다. 그것은 내가 못다 한 이야기가 아니라 영원히 하고 싶지 않은 내 퇴사에 관한 이야기가 될 것이다.

나는 잊기보다 기억하기로 했다. 하나하나 더 또렷하게 기억해내며 그 속에서 허둥거리는 나를 위해 '멈춤' 버튼을 누르고, 흔들리는 내 어깨를 차분하게 감싸 안으며 나를 위로하고 꼭 안아줄 것이다. 그리고 내게 말해줄 것이다. 그때의 나는 최선을 다했고 그렇게 된 것은 내 탓이 아니라고. 결론 없는 누군가를 향한 원망도, 되돌릴 수 없는 과거에 대한 넋두리 같은 후회도, 이제 더 이상 내 몫이 아니라고.

그러므로 내가 애써 잊어버려야 할 것은 없다. 조금은 불편하고 뒤끝이 씁쓸한 기억들이 남아 있을 뿐이다. 그 기억 속의 내가 아픔의 강 저편에 있는 치유의 길로 들어서도록 느긋하게 기다려주면 그만이다. 그리고 어떤 것을 강요하지도, 기대하지도 않은 채 그냥 그대로 나를 방치해두기로 했다. 때때로 그 시간 속에서 하릴없이 뒹구는 내가 답답하고 한심해 보여도 묵묵히 참고 봐주기로 했다. 달라진 일상과 달라진 내 모습에 익숙해지기 전까지는 새로운 무언가를 계획하고 시작하기란 불가능한 일이니까. 과거의 내게도, 현재의 내게도 서로를 충분히 바라볼 시간이 필요했다.

열심히 사는 것이
지겨워서

마흔 살을 넘기고 특별한 이슈가 없는 싱글 여인들이 나누는 이야기는 녹차 맛과 같다. 별 뜻 없는 아주 평범한 수다들로 채워져 딱히 듣기에 거북하지 않지만, 그렇다고 '어머나' 같은 감탄사를 연발한 만한 자극도 없다.

대기업에 다니며 잘나가던 후배가 연남동에 뉴욕 스타일의 조그마한 펍을 냈다. 미루고 미루다 1년이 넘어서야 그곳을 방문한 나와 회사 동기인 두 여인은 한층 비장해진 후배의 얼굴에서 약간의 거리감을 느끼며 그 녀석의 근황과 계획을 묵묵히 경청했다. 누군가가 "안정된 직장에 조금 더 몸담지 그랬어"라며 아마도 후배가 십만 번쯤은 들었을 이야기를 꺼냈다. 그 녀석은 빙긋이 웃더니 눈을 동그랗게 뜨고, 제법 단호하고 씩씩하게 답했다. "회사 생활은 그만큼이면 충분해. 나는 돈을 벌고 싶어. 무조건 많이 벌고 싶어." 그 녀석의 확고한 목표와 그것을 향한 액션 플랜들이 순간 대단해 보여 고개를 끄덕였다. 자신의 목표를 누군가에게 당당하게 말할 수 있다는 것은 그것이 무엇이든 그것을 위해 열심히 살아갈 각오가 되어 있다는 뜻이다.

와인 몇 잔에 적당히 취기가 오른 우리는 오랜만에 다 함께 버스를 타고 느릿느릿 집으로 돌아가기로 했다. 초저녁의 버스는 그날따라 텅텅 비어 있었고, 적당한 잡음과 음악이 흘렀고, 맨 뒷자리에 나란히 앉은 우리는 아무 말이 없었다. 어쩌면 우리는 그 녀석의 이야기를 들으며 가슴이 뜨끔했을지도 모른다. 사는 게 점점 팍팍해지고 길어진 수명 탓에 그 녀석처럼 세컨드 플랜이 필요하다는 사실을 잘 알고 있었기 때문이다.

그러나 솔직히 우리는 어떤 새로운 목표를 세우는 것도, 또 그것을 향해 다시 열심히 살아야 한다는 사실도 지겨웠다. 새로운 도전에 대한 기대보다 그동안 해온 것을 다시 반복해야 하는 그 과정이 싫었을 것이다. 나야말로 새로운 인생에 도전장을 던진 것처럼 보이지만, 그동안 열심히 살았으니까 조금은 게을러도 내 멋대로 살아도 되지 않느냐고, 스스로에게 끝없이 투덜대고 있었다.

제일 마지막에 내려야 하는 나는 차례차례 버스에서 내리는 두 여인을 향해 환한 미소를 지었다. 그 미소에 '나는 우리가 얼마나 열심히 살았는지 잘 알고 있어. 그러니까 걱정할 필요도, 서둘러 무언가를 더 할 필요도 없어'라는 위로와 응원을 담아 보냈다.

함께 있어 든든한 마음, 이것이야말로
남은 인생을 위한 최고의 세컨드 플랜이 아닐까?

나만의 레퍼런스

카피라이터로서 아이디어를 잘 내는 방법 중 하나는 레퍼런스(참고 자료)를 잘 찾는 것이다. 그것은 동영상일 수도, 한 줄의 글일 수도, 한 장의 사진일 수도, 한 곡의 음악일 수도 있다. 유에서 유를 창조하듯이, 새로운 아이디어는 누군가의 아이디어를 두루두루 찾아보면서 시작된다. 평소에 짬짬이 다양한 레퍼런스를 수집해서 자신만의 폴더에 두둑하게 담아놓을수록 아이디어를 내는 게 수월해진다. 소설가 무라카미 하루키가 소설을 쓰기 위해 자신만의 비밀 서랍에 숨겨놓은 경험과 이야기를 꺼내는 것과 흡사하다.

나는 신입 시절부터 레퍼런스 모으기에 부지런을 떨었다. 솔직히 아는 것이 별로 없으니 공부를 한다는 명목에서였지만, 그것은 어느새 습관이 되었고, 집착이 되었고, 나만의 경쟁력이 되었다. 팀장이 되고 새로운 프로젝트가 떨어지면 나는 가장 먼저 책꽂이에 빽빽하게 꽂혀 있는 참고용 책과 자료 스크랩 노트들을 스캔했다. 이 프로젝트에 적절한 레퍼런스를 고르는 것이다. 나와 함께 생각을 정리하고 논리를 풀어갈 실마리들을 아낌없이 내어줄 몇 권의 책과 노트가 내 손에 쥐어지면, 이 프로젝트의 절반은 끝나는 듯했다. 그러다 마땅한 레퍼런스가 떠오르지 않는 날엔 마냥 초조해졌다.

회사를 떠나고 나니 지금까지 내가 찾아놓았던 수많은 레퍼런스는 무용지물이 되었다. 나를 지탱해줬던 비밀의 폴더들이 휴지통 속으로 사라졌고, 레퍼런스가 없는 내 하루는 불안해졌다. 날마다 온라인 서점의 메인 화면에 소개되는 신간을 뒤적이고 나보다 먼저 일을 떠난 선배들의 다음 행보를 추적

해봤지만, 그럴수록 더 이상 그런 것들은 내 삶을 위한 레퍼런스가 될 수 없다는 걸 확신하게 되었다.

회사를 떠난 후 내 삶의 기준은 명확해졌다. 내 인생의 주인공은 '나'일 것. 그 하나면 충분하다.

무거운 철학이 담길 필요도 없고, 자아 성찰 같은 깨달음을 얻지 못해도 괜찮다. 단지 일이라는 굴레를 벗어던진 내 하루를 죄책감 없이 즐겁게 누리는 법, 그동안 억눌렸던 내 마음이 흥얼거리는 콧노래에 귀 기울이는 법, 산만한 아이처럼 주변을 두리번대는 내 호기심을 꺾지 않는 법. 그런 것들을 위한 내 일상의 레퍼런스면 충분하다.

어떤 장소에 가서 커피를 마셔야 더 맛있게 느껴지고, 어디로 산책을 하러 가야 기분이 두 배로 좋아지는지, 온종일 비가 오는 날엔 어떤 음악이 어울리고, 기분 좋게 취해서 지인들에게 호기롭게 들려주고 싶은 시 한 편은 무엇인지, 내 일상의 바스락거림이 들리는 작지만 상냥한 레퍼런스들.

불안과 걱정을 피하기 위한 레퍼런스가 아니라, 깨알 같은 행복과 소박한 즐거움을 부풀리기 위한 레퍼런스를 나의 새 폴더에 차곡차곡 쌓아가고 싶어졌다. 그리고 그것들을 날마다 하나씩 꺼내 보면서 아무 일도 일어나지 않는 시시한 생활이 얼마나 즐겁고 아름다운지, 가슴으로도 깨닫게 되는 날을 고대하는 것만으로 족하다.

맛집   책

영화   분위기 Café

산책로   들어봤니?
낭은 생 리스트~

자신만의 레퍼런스가 생기면,
인생이 지루하지 않다

TIP

자신만을 위한 리스트를 만들어본다. 맛집도 좋고 카페도 좋고 영화도 좋
고 책도 좋다. 누군가의 의견을 배제한 오롯이 자신만의 감상과 의견이
100퍼센트 반영된 리스트를 만들고, 하루를 즐겁게 만들기 위한 영감이
필요한 순간 꺼내 본다.

또 다른
나를 깨우는
일상 새로 고침
안내서

일상 새로 느끼기

"하나의 목표에 나를 가두지 않겠다는 결심은,

무엇이든 가벼운 마음으로

해볼 수 있는 자유를 갖게 한다."

바쁘면
사람 노릇 하기 힘들다

내 아버지는 20년이 넘도록 파킨슨병을 앓고 계신다. 서른을 목전에 두고 다니던 회사에 사표를 낸 뒤 미국 유학을 떠날 때, 아버지는 정정한 몸과 자신감 넘치는 얼굴로 공항에서 나를 배웅했다.

그리고 2년 후 어느 날, 엄마로부터 세관 공무원이셨던 아버지가 정년퇴직을 하게 되었다는 장문의 편지를 받았다. 퇴

임식 날, 단상에 선 아버지의 뒷모습이 왠지 쓸쓸해 보였다는 이야기를 길게 써 내려간 엄마의 편지는 인생이 괜스레 허망해진다고 마침표를 찍었다. 늦은 밤 노란 등불이 달처럼 떠 있는 식탁에서 혼자 편지를 쓰는 엄마의 모습과 사람들의 박수 소리가 스테레오로 들리는 단상으로 걸어가는 아버지의 뒷모습이 그려졌다.

이듬해 봄, 나는 한국으로 돌아와 다시 취업을 했다. 그 전보다 몇 배나 더 바빠진 일로 나는 늘 정신이 나가 있었고, 집으로 그 흔한 안부 전화 한 통을 먼저 하는 법이 없었다. 게다가 명절 연휴에도 마지막 날에 겨우 얼굴을 비추면서 피곤하다는 핑계로 엄마가 차려주는 밥만 딸랑 챙겨 먹고, 틈만 나면 방에 처박혀 잠을 잤다. 그런 나를 향해 가족들은 못마땅한 표정을 지으며 그럴 거면 차라리 오지 말라고 투덜댔지만, 아버지만큼은 내게 아무런 내색도 하지 않으셨다. 아버지의 굳게 다문 입술은 내게 말하는 것 같았다. '나는 안다. 네가 얼마나 힘든지. 직장 생활이 어디 쉬운 일이더냐.'

아버지는 할머니가 돌아가신 날에도 내게 가장 나중에 연락을 했다. 새로 들어간 회사에서 혹시라도 자리를 비워서 책잡힐까 걱정해서였다. 그런 아버지에게 나는 늘 바쁘다는 이유로 무심했고, 살갑게 먼저 말 한 번 걸지 않았다. 아버지가 파킨슨병을 선고받고 조금씩 거동이 불편해졌다는 언니의 말과 엄마의 걱정을 한 귀로 듣고 한 귀로 흘렸다. 그것은 함께 사는 당신들의 몫이라고 생각했다. 나는 지금 이곳에서 살아남기 위해 애쓰는 것만으로 충분히 벅차고, 이렇게 내 인생을 혼자의 힘으로 살아가는 것만으로도 자식으로서 해야 할 도리를 다 하고 있다고 합리화했다. 솔직히 그 병의 심각성에 대해서 고민해보지도 않았다. 워낙 자기 관리가 철저하고 정신력이 강한 아버지였으니 때가 되면 극복하고 이겨낼 거라고 굳게 믿었다.

그러나 세월이 지나도 아버지의 병은 조금도 나아지지 않았다. 더 나빠지지 않으려고 애쓰는 것 말고는 할 수 있는 게 없었다. 나는 일에서 벗어난 지금에서야 아버지의 병을 들여다본다. 바쁘면 사람 노릇 하기가 힘들다는 말 그대로, 나는 그동안 딸 노릇을 전혀 하지 못했다. 그저 바쁜 딸이니까 이해하고 감싸주기만을 바랐다.

이제는 명절뿐만 아니라 아빠 생신이니까, 엄마 생신이니까, 봄이니까, 가을이니까, 크리스마스이니까, 별별 핑계를 만들어 집에 간다. 그리고 어린아이처럼 나를 반기는 아버지를 꼭 껴안으며, 지금까지의 불효와 미안한 마음을 이렇게나마 대신한다. 아버지는 해가 진 어둑어둑한 거실에서 총기가 사라진 희미한 눈으로 텔레비전을 보며 반쯤 벌어진 입으로 작게 "아하" 감탄사를 연발한다. 이렇게라도 살아서 오늘도 자식들을 볼 수 있는 게 감사하고 행복해서인지도 모른다. 이미 늦었지만, 더 늦기 전에 아버지를 자주 볼 수 있어 다행이다. 진심으로 다행이다.

가족 같은 회사, 가족 같은 동료...
결국은 회사고 동료일 뿐이다

함께할 가족을 모십니다
모집 공고

TIP

직장 상사나 동료를 챙기는 것에 반의반만이라도 가족들을 챙기자. 결국
그들은 돌아서면 남이지만, 돌아서도 남는 건 가족뿐이다. 명심 또 명심
하자.

고작 3개월

　백수가 된 지도 벌써 3개월이 흘렀다. 시간이라는 녀석은 열심히 무언가를 해도, 아무것도 하지 않아도 잘도 흐른다.

　처음 한 달은 아직 회사에 발을 붙이고 있는 지인들이 틈만 나면 집 앞으로 찾아왔다. 그들은 목청 높여 "네가 부럽다. 네 용기가 대단하다. 인생은 그렇게 살아야 하는 거야"하며 술잔을 부딪쳤다. 그리고 그다음 달은 "긴 여행을 가든지, 절절한 연애를 하든지, 하고 싶은 공부를 더 하든지, 그간 못했던 거나 실컷 해봐"라며 나를 부추겼다(내가 아니라 자신들이 하고 싶은 것들이 대부분이었지만). 나는 그저 지금의 달라진 상황에 서서히 적응하고 싶었다. 쫓기듯 무언가를 결정하고 쫓기듯 무언가를 해야 하는 현실로부터 한걸음 물러나 있는 것만으로 충분히 벅찼으니까.

그렇게 3개월이 다 되어가자 그들은 햇살 좋은 오후에 나를 회사 앞으로 불러내더니 웃음기를 걷어낸 차분한 얼굴로 나지막하게 목소리를 깔며 말했다. "슬슬 앞으로 뭐 하고 살지 생각해야 하지 않아? 반 토막이나 남은 인생은 어쩔 거야?" 이제 그들은 나보다 더 내 앞날을 걱정하기 시작했다. 심지어 다시 회사로 돌아가는 게 어떻겠냐는 무시무시한 제안도 서슴지 않았다. 고작 3개월. 그들이 허용하는 '일하지 않고 사는' 시간은 딱 그만큼이었다. 그럴 생각은 추호도 없다고 손사래 쳤지만, 솔직히 나는 흔들리고 있었다. 이상하게도 이 순간만큼은 그들은 강자고 나는 약자였으며, 그들은 승자고 나는 패자였다.

최근에 사들인 책들을 보면 모두 입을 모아 '오늘에 집중'할 것을 강조한다. 그렇게 살아보려고 부단히 애쓰는 나를, '내일을 걱정'하는 야속한 주변인들이 도와주지 않는다. 나를 향한 그들의 애정 어린 걱정 속에는 '너는 아무것도 안 하는 사람'이라는 비수가 숨겨져 있었고, 그것은 잠재된 나의 죄책감을 불러일으키기에 충분했다. 그들 앞에 대단하지는 않아도, 남은 내 생을 위한 그 어떤 플랜도 꺼내놓지 못하는 내가 나를 더 주눅 들게 했다.

어쩌면 그들은 나의 불안한 처지를 걱정하고 엿보면서 자신들이 버틸 힘을 얻는지도 몰랐다. 대부분의 사람에게는 회사에 다니지 않는다는 사실이 '내일이 없다'는 의미와 같으니까. 나 역시 회사를 떠나기 전까지는 '내일을 위해' 내 일에 내 인생을 기꺼이 저당 잡히길 그토록 간절히 원했으니까.

그러나 곰곰이 생각해보면, '내일'은 길어봤자 24시간이 지나면 '오늘'이 된다. 내일은 오늘의 반복이며, 기대와 환상이 만들어낸 가상의 또 다른 오늘일지도 모른다. 그러니까 애당초 '내일'이라는 것은 없다.

우리는 내일이 아니라 오늘이라는 이름으로 주어진 24시간 동안 내가 무엇을 원하는지, 무엇을 할 수 있는지만 생각하면 그만이다. 그렇게 오늘만 바라보고 살아가는 게 한 번도 본 적 없고 만난 적 없는 신기루 같은 내일을 위해 사는 것보다 낫지 않을까? 사실 그들 앞에서 이렇게 당당히 말하고 싶었지만 아무런 말도 하지 못했다. 하고 싶은 말이 뒤늦게 떠올라서가 아니라 떠나기 전에는 결코 알 수 없는 그런 마음이기 때문이다. 그것은 홀홀 떠나온 자의 이기적인 다짐이기도 했다. 그리고 나는 여전히 가을바람에 흔들리는 나뭇가지처럼 오늘과 내일을 오락가락하고 있었다.

TIP

평생 회사에 충성할 듯한 지인과는 단둘이 만나지 않는다. 결국 대화의 시작과 끝은 회사와 일이 된다. 세상일은 혼자 다 하는 듯한 지인의 SNS 는 잠시 꺼둔다. 자꾸 보다 보면 머릿속만 복잡해진다.

일보다
더 중요한 일

　신입 사원 시절, 야근은 몇 달째 끈질기게 이어졌고 누군가가 훼방이라도 놓는 듯 모든 일이 이상하게 꼬였다. 슬슬 머릿속이 쪼그라들며 진이 빠지고 인간의 한계를 실험하는 극한 단계에 이를 즈음에 광고주로부터 이만 하면 되었다는 허락이 떨어지곤 했다.

　입사 후 처음으로 새벽이 아닌 한밤중에 퇴근한 나는 이제

막 문을 닫으려는 동네 슈퍼에서 맥주 한 캔을 샀다. 뜨거운 물에 샤워를 하고, 베란다로 나가 축축한 머리로 새벽바람을 맞으며, 차가운 맥주 한 모금을 넘길 생각이었다. 현관문을 열자 부엌과 침실이 전부인 깜깜한 집 안에서 익숙한 내 향수 냄새가 났다. 집에 왔다는 안도감을 느끼며 손으로 벽을 더듬어 스위치를 켰다. 그런데 여전히 깜깜했다. 정전인가? 그러나 베란다 창문 너머로 띄엄띄엄 불빛들이 반짝이고 있었다. 스위치를 몇 번이나 껐다 켰다 반복하다가 결국 화장실 불을 켜 집 안을 겨우 밝힌 뒤 이 사태의 원인을 파악했다.

그러고 보니 이사 온 이후로 한 번도 형광등을 갈지 않았다. 새벽 한 시가 다 되어가는 마당에 형광등을 사러 나갈 수도 없었다. 산다고 한들, 한 번도 형광등을 갈아본 적이 없다는 사실이 떠올랐다. 나는 옷도 갈아입지 않고 침대 아래에 두 다리를 쭉 뻗고 앉아 맥주 캔을 땄다. 이런 상황이 순간 조금 서글펐다. 맥주 한 모금을 크게 삼키고 나자, 일한답시고 다른 일상에는 정신 줄을 놓고 사는 내가 또 한심해졌다.

우습게도 나는 그 후로도 일주일을 더 어둠 속에서 더듬거리며 살았다. 바로 다음 날부터 야근 제2라운드가 시작되었고, 퇴근길에 산 양초를 켜는 것 말고는 내가 할 수 있는 게 없었다. 아파트 수위 아저씨에게 여쭤보니 근처 상가에 있는 전파상에 부탁하면 직접 집에 방문해 형광등을 갈아준다고 했다. 그런데 문제는 저녁 아홉 시면 그 가게가 문을 닫는다는 사실이었다. 나는 더 이상 이렇게 살 수 없었다.

그다음 날, 지루했던 마라톤 회의가 끝나고 회의실 문을 나서는 팀장님을 멈춰 세우고 용기 내어 말했다. 오늘은 좀 일찍 퇴근했으면 좋겠다고. 그는 의외라는 듯 눈을 깜빡이며 무슨 일 있냐고 물었다. 나는 잠시 머뭇거리다 말했다. "형광등을 갈아야 하는데 아홉 시가 넘으면 가게가 문을 닫아서요. 제가 해본 적도 없고, 집이 깜깜하니까 무섭기도 하고…" 팀장님은 웃음을 터트리더니 팀원들을 향해 큰 소리로 말했다. "야, 오늘 우리 신입 사원 무조건 일찍 보내줘라. 일보다 더 중요한 일이 있다. 알았지?"

농담 같은 그의 말은 틀리지 않았다. 살아보니 일보다 더 중요한 일은 많았다. 특히 나처럼 혼자 집에서 보내는 시간이 많을수록 스스로 해내지 않으면 안 되는 일들이 줄줄이 생겨난다. 수명을 다한 형광등을 갈아야 하는 것은 물론이고, 말썽을 부리는 가전제품이나 노트북도 고쳐야 하고, 갑자기 끊기는 인터넷의 원인도 찾아야 하고, 허술해진 테이블과 의자의 나사도 쪼여야 하고, 조각 난 가구들도 끙끙대며 조립해야 하고, 카펫이나 이불 같은 덩치 큰 세탁물도 빨아야 하고… 누가 대신해주면 좋겠지만 누구도 대신해주지 않는 그런 일들이 차고 넘친다. 이왕이면 기꺼이 해내는 법을 차근차근 터득하기로 했다. 그리고 생각보다 해냈을 때의 성취감도 짜릿하다.

인생에 좋은 날은
얼마나 될까

비가 온 다음 날의 하늘은 화장을 말끔히 지운 소녀의 뽀얀 얼굴처럼 맑았다. 저 눈부시고 영롱한 얼굴에 다시 분을 덧칠하기 전에 서둘러 밖으로 나가고 싶어졌다. 가능한 한 피하고 싶은 출근 시간대임에도 불구하고 나는 청바지와 후드티를 꺼내 입고 씩씩하게 집을 나섰다.

아홉 시를 갓 넘긴 아침은 생각보다 여유로웠다. 한 달 전에 오픈한 길가의 카페는 부지런히 커피를 내리는 청춘들의 풋풋한 웃음소리와 시큼한 커피 향으로 가득했다. 그들의 얼굴에는 물오른 봄날의 꽃처럼 생기가 피어올라 있었다. 미소가 정겨운 알바생이 요리조리 주전자를 돌려가며 정성껏 내린 커피 한 잔을 내게 건네며 말했다. "오늘도 좋은 날 되세요."

문득 이런 생각이 들었다. 인생에서 좋은 날은 얼마나 될까? 그리고 지금까지 내가 살아온 날 중에 좋은 날은 얼마나 되었을까?

뒤돌아보면, 내게 좋은 날이란 '나쁘지 않은' 날이었다. 실수를 몇 번 줄인 날, 계획대로 그럭저럭 풀린 날, 내가 어제보다 덜 한심해 보이는 날, 꾸지람보다 칭찬을 몇 모금 더 먹은 날, 골칫덩어리 같은 일들이 실마리를 찾은 날, 퇴근길의 발걸음이 무겁지 않은 날, 늘 복잡하고 멍한 내 머릿속에 약간의 평온이 찾아온 날….

나보다 타인을 의식하고, 내가 아닌 타인의 잣대에 휘둘리고 평가되었던 내 지난날들은 결코 완벽하게 좋을 수 없었다.

내가 좋아야 하는 게 아니라 남이 좋아해야 좋은 날이 되니까. 나의 좋은 날의 중심에는 내가 없었다. 이제부터라도 나를 위한 좋은 날들을 만들면 그만이지만 나를 위해 좋은 게 무엇인지도, 내가 좋아하는 게 무엇인지도, 솔직히 까마득했다.

우선 해야 할 일보다 하고 싶은 일을 떠올리자. 이유나 결과 따위는 무시하고, 철없는 어린아이처럼 스스로에게 떼를 쓰자. 저걸 하게 해달라고. 무조건 하고 싶다고. 그걸 하면서 하루가 가고 또 새로운 하루가 기다려졌다면 그날이 바로, 좋은 날의 시작일지도 모른다.

바람이 좋아서, 그냥 좋아서…
꽃잎 휘날리며 자전거 타기

영화 찍나?

화장을 지우다

달라도 어쩜 그렇게 다를 수 있을까? 부모님의 유전자를 똑같이 물려받았음에도 불구하고, 언니와 나는 얼굴이 전혀 딴판이다. 거울 앞에 나란히 서서 우리가 피를 나눈 자매임을 증명하기 위해 구석구석 뜯어가며 살펴봐도 닮은 구석이 별로 없다. 내가 이렇게 억울해하는 이유는 뻔하지 않은가. 이목구비가 또렷한 타고난 미인인 언니에 비해 나는 한없이 밋밋한, 어쩌면 의술의 힘이 더해져야 예쁘다는 말을 겨우 들을까

말까 하는 정도이다.

대학생이 된 나는 외모 콤플렉스를 감추기 위해 화장에 열을 올렸다. 그림 그리라고 미대에 보냈더니 캔버스에는 안 그리고 얼굴에만 그린다는 친구 오빠의 농담에 맞장구라도 치듯이, 나는 다양한 방법으로 내 얼굴을 변신시켰다. 나는 고등학교 3년 내내 탁월한 미적 감각을 지닌 언니의 화장법을 곁눈질로 훔쳐보곤 했는데 어찌 된 일인지 내 주변에는 세련된 화장의 달인들이 넘쳐났다.

퇴사하기 전까지 나는 한 번도 민얼굴로 누군가를 만난 적이 없었다. 아주 친한 여자 친구들도 간단한 기초화장을 하고 만났다. 그런데 회사에 다니지 않으면서 화장하지 않는 날이 늘어가자 20년을 꿋꿋하게 유지해온 '외출 전 화장'이라는 미의 의식이 한없이 귀찮아졌다. 코르셋을 벗어던지고 날아갈 듯한 편안함을 알아버린 나머지 다시는 전으로 돌아가지 못하는 것과 비슷하리라.

주말 오후, 마음먹고 백화점에 갔다. 대폭 세일 중인 와인을 사기 위해서였다. 집을 나서기 전에 거울을 보며 잠시 고민에 빠졌다. 아직도 빠지지 않은 아침의 붓기로 눈은 더 작아 보였고, 홍조가 도는 뺨 위로 기미가 떡 하니 눈에 들어왔다. 파운데이션을 꺼내 들었다가 바로 내려놓았다. 어차피 안경을 쓰면 대충 가려질 것이고, 토요일 오후 백화점에서 내가 지인들을 만날 확률은 기억도 가물가물한 초등학교 시절의 첫사랑을 우연히 만나는 것과 비슷한 확률이라고 생각했다. 무엇보다 그토록 공들여 '덧바르고 그렸던' 화장을 말끔히 벗어던진 내 얼굴을 누가 알아볼까? 그냥 모르고 지나갈 것이 분명하다. 나는 선크림만 대충 찍어 바르고 집을 나왔다.

지하 식품관에 들어서자마자 와인 매장으로 거침없이 직진해 나무 상자에 쌓인 와인들을 뒤적이는 그때, 막 계산을 끝내고 나오는 한 남자가 나를 보며 반가운 듯 눈을 동그랗게 뜨고 환하게 웃었다. 코끝에 걸린 안경을 추켜올리며 나를 향해 걸어오는 그를 힐끔 봤다. 내가 회사를 떠나기 몇 달 전 경력 사원으로 입사한 기획팀 대리였다. 그는 어떻게 민얼굴의 나를 단박에 알아본 걸까? 그는 특유의 쩌렁쩌렁하고 시원한 목소리를 자랑하며 큰 소리로 내게 안부를 묻고는 민망해하는 나

를 빤히 보며 우연한 재회를 기념하는 악수를 청했다. 나는 눈
도 제대로 맞추지 못한 채 그와 옆에 서 있는 그의 여자 친구
에게 짧은 안부를 전하고, 마치 기다리는 사람이라도 있는 듯
손에 든 와인을 급히 계산하고 서둘러 자리를 떴다.

　집으로 돌아와 샤워를 하고 젖은 머리를 말리며 문득 생각
했다. 그동안 그렇게 애써서 화장을 했지만 생각보다 민얼굴
과 큰 차이가 없었는지도 모른다. 그러니까 그가 그렇게 쉽게
나를 알아본 게 아닐까? 그의 얼굴에는 놀라움보다는 반가움
이 선명하게 묻어 있었고 '그 얼굴이 바로 이 얼굴'이라는 확신
이 차 있었다. 그래, 앞으로는 별 차이도 없으니 속 시원히 화
장을 지우고 진짜 내 얼굴로 살자. 화장품값도 절약되고 일석
이조이지 않은가?

뭐냐~
니가 연예인이냐?

쏘리,
생얼이라~

민얼굴로 나다니기에
민망한 나이가 되었지만…
저는 뭐 그럭저럭 바꿀 안합니다

자꾸 무언가가 되기

　나는 더 이상 한 우물만 파는 인생을 살지 않기로 했다. 자꾸 무언가가 되기로 했다. 그렇게 계속 무언가가 되고 또 되면서 나답게 사는 것이 무엇인지 찾고 싶었다.

　그 출발은 무언가를 하나씩 하는 거였다. 지금까지 내 일이 아니라고 등 돌리며 살아왔던 것들, 대단한 것이 아니라고 일찌감치 거리를 두었던 것들에 관심을 가지고 하나씩 해보기로 마음먹었다. 그것이 무엇이든 결과와 상관없이 끝까지 완수하고 이어가면 그만이라고 생각했다.

'도전'이라는 거창하고 부담스러운 말도 필요 없었다. 단순히 그런 것들이 쌓이고 쌓이면, 나만의 두둑한 배짱과 언젠가쓸모를 발휘할 숨은 재능이 될 것이 분명하니 말이다. 아침에눈을 뜨고 밤에 잠드는 그 평범한 시간 속에서 하고 싶은 일을 눈치 보지 않고 나만의 속도로 즐겁게 하면서 사는 것만으로 인생은 꽤 근사해질지도 모른다.

하나의 목표에 나를 가두지 않겠다는 결심은, 무엇이든 가벼운 마음으로 해볼 수 있는 자유를 갖게 한다. 내가 하나의정체성(누군가의 딸, 누군가의 아내, 누군가의 엄마)으로 세상을 살아갈 수 없듯, 오로지 성공만 바라보며 살아가기엔 인생이 너무 아깝지 않은가. 무엇보다 성공은 얻을 수 있는 것도, 찾을수 있는 것도 아니다. 때가 되면 그냥 오는 것이다.

나는 날마다 새로운 내가 되기 위해서 세상에서 가장 신나는 아이디어를 낸다. 그리고 모든 일의 시작과 끝에 '무심코'와

'어쩌다'라는 느낌표를 찍는다. 매번 '무심코' 시작한 일이 '어쩌다' 잘되었다는 총평을 하며 나의 일상을 기특해했다. 때때로 대단한 일을 하려고 애쓰지 않을 때, 생각보다 대단한 결과를 얻게 된다. 이러한 일련의 과정은 참고 이겨내야 하는 미션이 아니므로 어려움에 봉착해도 걱정할 필요가 없다. 그저 내가 좋아서 하는 것이다. 그리고 그 하루 끝에서 '오늘도 괜찮았네'라고 생각하며 만족하는 밤을 이어가고 이어가면 그만이다.

어머, 어쩜 좋아~
나 네일에
소질 있는 듯…

재능은 타고난 것이 아니라,
어느 날 우연히 발견되는 것인지도 모른다

취미에 관하여

"취미가 뭐예요?" 이 질문은 내 젊은 날의 소개팅에서 빠지지 않고 단골로 등장했다. "글쎄요. 뭐 딱히… 영화나 음악 감상 그리고 독서… 그런 것들이겠죠." 내가 늘 하던 영혼 없는 대답이었다. 앞만 보고 사느라 바빴던 그때는 딱히 취미라고 내세울 게 없었다. 시간 나면 하는 운동 같은 느낌인 데다가 취미의 개념조차 오락가락했다. 뭘 배워야 하는 건지, 그저 재미 삼아 하면 되는 건지, 그 또한 헷갈렸다.

전문적으로 하는 것이 아니라 즐기기 위해 하는 일.

아름다운 대상을 감상하고 이해하는 힘.

감흥을 느끼어 마음이 당기는 멋.

'취미'의 정확한 사전적 의미이다. 무언가를 즐기고 감상하고 이해하려면 시간과 여유가 필요해 보인다. 사는 게 빠듯한 우리에겐 그림의 떡처럼 느껴지기도 한다. 그러나 취미는 일하는 것만큼 우리의 인생에서 중요하고, 생각보다 많은 수고를 들이지 않아도 된다. 취미는 잠시 세상과의 단절을 원할 때 숨어들기 좋은 동굴이 되어주고, 자신만의 의지와 선택으로 하루를 채워가야 할 그 순간에 든든한 지원군이 되어준다.

그렇다면 내 취미를 찾아내는 것이 무엇보다 중요해진다. 맛있는 것도 먹어본 사람이 알듯이, 내게도 다양한 취미를 접할 기회를 줘야 한다. 어떻게든 짬을 내어 내 눈과 귀를 자석처럼 끌어당기는 그것에 집중하고, 내 몸이 원하는 걸 하게 해줘야 한다. 취미를 찾기 위한 첫걸음으로 가능한 한 혼자서 할 수 있는 것을 권한다. 여럿이 다 함께 하는 취미는 지금이 아니라 다음으로 미룰 수 있는 핑계를 만들어낸다. 취미에 대한 환상은 버리고, 단순하게 내가 하기 쉬운 것부터 찾아보는 게 좋다. 취미와 교양을 분리하면 선택의 폭은 한층 더 넓어진다. 숨 쉬는 걸 제외하고 내가 즐겁게 하는 모든 행위가 내 취미가 될 수 있다.

무엇보다 중요한 것은 '즐겁게 한다'는 사실이다. 그런 점에서 청소도 취미가 될 수 있고, 목욕도 취미가 될 수 있고, 커피를 내리는 것도 취미가 될 수 있고, 수다도 취미가 될 수 있고, 산책도 취미가 될 수 있다. 누구든지 다양한 취미를 부담 없이 가질 수 있고, 소중한 내 시간을 기꺼이 들여 자신만의 내공을 키워가면 그만이다. 그럼 혼자 있어도 결코 무료하지 않고, 가끔 이유 없이 흔들리는 나를 다잡을 수 있는 무념무상의 시간을 선물해준다. 남은 인생에서 절대 나를 배신하거나 떠나지 않는 영원한 내 편이 생기는 셈이다.

취미는 힐링의 다른 이름이자 소확행에 다다르는 가장 확실한 방법이다. 그러니 오늘 당장 시작해야 할 것은 내 취미 찾기가 아닐까?

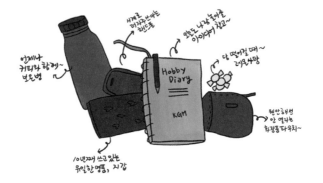

언제나
커피와 함께~
보온병

새써로 한
머리끈이 나오는
핸드폴

언제나 나강 놀아줄
아이다 참고~

당 떨어질 때~
레모사탕

10년째 쓰고 있는
유일한 명품, 지갑

웬만해선
안 열리는
화장품파우치~

Hobby Diary

KGM

가끔 가방 속을 들여다보면,
내가 보인다

나를 먹이는 일

집 밖으로 잘 나가지 않고 생활하다 보면 요리는 나만의 재미난 오락이 된다. 처음엔 라면을 끓이고 즉석 밥을 데우는 게 전부였는데 점점 간단한 반찬거리를 만들어보고 싶어졌다.

그동안 나를 먹이기 위해 요리를 한다는 것은 아무런 의미가 없다고 생각했다. 몇 시간 동안 부산을 떨어 완성한 음식을 먹어줄 사람이 고작 나뿐이라는 게 시시했다. 내게 요리를 하는 행위는 누군가를 먹이기 위한 것이었다. 그래서 드라마 속 주인공들이 혼자 밥을 먹기 위해 네모반듯한 식탁 위에 테이블보를 깔고 구색을 갖춘 그릇에 차려내는 근사한 한 끼를 순전히 오버라고 생각했다.

그런데 언제부터인가 넓적한 용기의 즉석 밥과 도시락 크기의 반찬 통이 그대로 식탁에 오르고, 국물로 얼룩진 냄비가 국그릇이 되는 나의 밥상에 짜증이 났다. 한마디로 초라함을 넘어 궁색해 보였다. 그리고 처음으로, 누구도 아닌 나를 먹이는 일에 이렇게 홀대해서는 안 된다는 생각이 들었다.

이왕이면 좋은 것을 제대로 먹여주자고 결심했다. 요리를 해본 적도, 잘할 자신도 없었지만 일단 수년간 식품 회사 광고를 담당해온 이론적 경험을 바탕으로 만만한 요리책 하나를 샀다. 텔레비전에 자주 등장하는 유명 인사들의 요리책이 차고 넘쳤지만, 나는 일본에서 사내 식당으로 유명한 《타니타 직원식당》을 골랐다. 재료가 간단하고 특별한 조미료도 필요 없고 무엇보다 건강식 위주라는 점이 마음에 들었다.

먼저 냉장고에 있는 재료를 확인하고 책을 뒤적여 바로 요리할 수 있는 오늘의 메뉴를 정했다. 그리고 천천히 재료를 손질하고 아끼던 냄비를 꺼내 레시피를 따라 차근차근 요리했다. (그릇과 냄비 욕심이 많은 절친을 따라 하나둘씩 사 모은 냄비와 그릇 들이 어느새 싱크대 위의 커다란 선반을 꽉 채우고 있다는 사실에 새삼 놀랐다.) 처음 도전한 아스파라거스와 새송이버섯을 볶은 요리는 참기름 덕분인지 윤기를 내며 맛깔스러워 보였고, 은은한 하늘색 사기 그릇에 담긴 시금치 된장국의 자태는 단아했다. 쓰지 않고 서랍 속에 넣어두기만 했던 테이블보를 꺼내 식탁 위에 깔고, 손잡이에 나뭇잎 모양이 새겨진 은빛 수저를 가지런히 놓고, 태어나서 처음으로 오로지 나를 먹이기 위한 근사한 밥상을 차렸다. 내게 비싼 옷을 사준 것보다 더 흐뭇하고 감동적인 순간이었다.

혼자 먹는 밥에는 추억이 없다고 생각했다. 밥이라는 것은 달그락달그락 서로의 젓가락이 그릇에 부딪치는 소리를 들으며 먹어야 한다고 생각했다. 그런 까닭에 내게 혼자 먹는 밥은 단순히 허기를 채우는 것에 불과했다. 그런데 오늘만큼은 달랐다. 요리 과정은 즐거웠고, 먹는 내내 흐뭇했다. 그렇게 나만

의 추억이 생겼다. 나를 먹이는 일, 생각보다 즐겁고 행복한 일
이었다.

오늘도 고생한 나를 위해,
맛있는 요리를 해주자

내가 먹을 거니까,
최고로 맛있게~

TIP

따라 하기 쉬운 요리책 하나쯤은 마련해둔다. 책을 보며 기분에 따라 그 날의 메뉴를 정하고 요리를 만든다. 저녁때라면 음악의 볼륨을 높이고 와 인이나 맥주를 한잔하면서 요리를 해도 좋다. 은근 신나고 즐겁다.

다정한 말 한마디

침묵이 흐르는 날들이 반복될수록 다정한 말 한마디가 듣고 싶어졌다. 예를 들면 '수고했어, 오늘 하루도 좋았어, 고마워, 맛있는 걸 사주고 싶어' 같은 누가 해도 다정하게 들릴 수밖에 없는 보통의 말들 말이다.

어느 순간부터, 나는 내게 다정한 말들을 해주기 시작했다. 그 다정한 말이란, 나를 향한 질문일 수도 있고 위로일 수도 있고 고백일 수도 있다. 지금까지 세상을 향해서 퍼줬던 관대함을 내게 아낌없이 퍼주고, 습관처럼 다정한 말을 건넨다. 그것들은 수시로 나를 공격해오는 후회와 불안으로부터 나를 지키는 마음의 근육이 되어주고, 남에게 들을 때 못지않게 따뜻함을 안겨준다.

누구의 간섭도 받지 않는 온전한 나의 하루를 보내게 되었지만, 예상치 않은 불청객을 만날 때가 있다. 그저 그랬던 동기의 승진 소식, 강남에 40평대 아파트를 장만했다는 친구의 자랑, 뭘 해도 잘 풀리는 누군가의 근황처럼 딱히 내세울 것이 없는 지금의 내 처지를 불현듯 떠올리며 움츠러들게 하는 순간들이 예고도 없이 닥쳐온다. 그럴 때면 어쩔 수 없이 중년의 성적표는 회사의 직급이나 소유 재산 정도로 매겨진다는 걸 인정하게 된다.

그때마다 나도 모르게 후회의 창문을 열고, 가장 불편한 자극으로 머리와 가슴에 고문을 가한다. 그러나 분명 달라진 것은, 아니 달라지고 있는 것은, 그 후회가 내 숨통을 조여오기 전에 내게 다정한 말을 건네며 그 창문을 힘껏 닫을 수 있게 되었다는 사실이다. 갑자기 엄습해온 지금의 후회와 불안은 내가 되돌리고 싶은 그 무엇 때문도 아니고 한낱 순간에 불과하다는 걸 떠올린다. 그리고 지금까지의 내 인생에 후한 점수를 주고 환하게 웃는다.

남에 의해 흔들리는 인생은 그 무엇보다 슬프고 아프다. 세상이 내 마음 같지 않다는 말을 스스로 입증하게 한다. 하지만 세상이 내 마음 같지 않은 것이 아니라 내 마음이 세상과 다를 뿐이다. 내 마음대로 살기로 했으니까 그건 어쩌면 당연한 일이다. 그래도 흔들리는 마음을 주체할 수 없을 때를 대비하기 위해 습관처럼 부지런히 스스로에게 다정한 말들을 건네줘야 한다. 바람에 나뭇가지가 흔들리는 것이 아무 일도 아닌 것처럼, 가끔 세상의 바람에 내 마음이 흔들리는 것도 생각해보면 아무 일도 아니다.

그동안 나를 칭찬하는 일에…
난 참으로 인색했다

나,
잘했어

엄청척!
좋아요~

눈물이 흐르는 대로
고개를 들어요

누구나 좋아하는 인기 만화 영화 〈호빵맨〉의 주제곡에는 이
런 가사가 나온다. '슬퍼서 견디지 못할 땐 눈물이 흐르는 대
로 고개를 들어요.' 나는 이 부분에서 왠지 가슴이 뭉클해져
이 해맑은 영웅에게 도대체 무슨 사연이 있는 걸까, 하는 궁
금증이 생겼다.

호빵맨을 탄생시킨 작가는 54세의 늦깎이 만화가였고, 전

쟁을 겪었으며, 쉬이 상상할 수 없는 무거운 삶의 역경을 이겨 냈고, 끝끝내 꿈을 이뤄냈다. 그런 그가 직접 쓴 가사라고 한다. 어떤 일이 있어도 포기하지 말고 꿋꿋하게 살아가야 한다는 작가 자신을 향한 다짐이자 모두에게 보내는 당부의 말이었다. 작가는 먹는 것이 가장 중요했던 전쟁을 겪으며, '정의란 기꺼이 일용한 식량을 나눠주는 것'이라는 메시지를 전달하기 위해 호빵맨을 만들었다고 한다. 약하고 배고픈 자를 위해 자신의 얼굴을 내어주고, 유유히 하늘을 날아가는 호빵맨은 다소 괴기스럽기도 하지만, 작가가 어떤 삶을 살아가고자 했는지가 분명하게 느껴진다.

나는 종종 사는 게 힘들고 어떻게 살아야 할지 모르겠다는 누군가에게, 이 노래 가사를 혼잣말처럼 내뱉는다. 눈물이 흐르는 대로 고개를 들라고. 감추려 말고, 참으려 말고, 너무 애쓰지 말고, 지금 그대로 꿋꿋하게 나답게 살아가자고. 인생이란 멈추지 않는 한 조금씩 풀려나갈 수밖에 없는 실타래 같은 것이고, 그것이 바로 사는 이유라고 믿으면 그만이라고. 그리고 언젠가 호빵맨처럼, 자신의 것을 기쁜 마음으로 누군가에게 내어줄 수 있다면 그것이야말로 멋진 인생이라고. 그러기 위해서는 내게 더 잘해주고, 맛있는 것도 사주고, 경치 좋은 곳도 데려가고, 멋진 옷도 사 입으며 사랑하는 사람에게 공들이듯 내게도 공을 들여야 한다고. 나는 지금, 진심을 담아 그러는 중이라고.

우연히 다시 본 호빵맨은 많은 생각을 하게 만들었다. 따지고 보면 만화 속 주인공들의 삶은 대부분 고단하고 녹록지 않았다. 어린 시절부터 우리는 삶이 쉽지 않다는 것을 그들을 통해 은연중에 알게 되지 않았을까?

또 다른
나를 깨우는
일상 새로 고침
안내서

일상 새로 다듬기

"어쩌다 흔들릴지언정,

잊지 말아야 할 것은 그렇게 살기로 한 것은

분명 나의 선택이었다는 사실이다."

네가
그렇게 살지 몰랐어

"네가 그렇게 살지 몰랐어." 첫 직장을 떠난 지 강산이 한 번 변하고 몇 년이 더 흐른 후, 아주 오랜만에 만난 선배 L이 내게 건넨 첫마디였다.

정들었던 광화문을 떠나 새롭게 둥지를 튼 곳의 제법 긴 지하철역 에스컬레이터에서 선배를 마주쳤다. 동그란 바가지 모양의 커트 머리와 호기심 가득한 반짝이는 눈이 여전했다. 그녀는 3년간 나와 같은 회사에서 근무했던 4년 위 카피라이터 선배였다. 엇갈리기 일쑤였던 옛날처럼 상행선과 하행선을 한 쪽씩 나눠 타고 있던 우리는 그 순간 반가움과 어색함이 뒤섞 인 감탄사를 쏟아냈고, 하행선의 선배가 아래로 내려오라는 요란한 손짓을 상행선의 내게 보냈다.

그녀는 큰아들이 벌써 대학생이라는, 그것도 서울대생이라 는 이야기로 그간 쏜살같이 흐른 세월을 한 줄로 정리해버리 고, 헐렁한 원피스 차림의 수수한 나를 위아래로 은근슬쩍 훑 더니 최근에 만난 지인에게 내 안부를 들었다며 환하게 웃었 다. "일 관두고 그림 그리고 글 쓴다며? 어머나, 네가 그렇게 살지 몰랐어. 네가 얼마나 일에 열정이 남달랐니? 난 네가 이 바닥에 영원히 뼈를 묻을 줄 알았는데…." 그녀의 폭풍 수다 를 잔잔한 심호흡과 어색하고 애매한 미소로 받아내며 나는 그보다 한 톤 낮은 차분한 목소리로 답했다. "그러게요. 나도 내가 이렇게 살 줄 몰랐어요."

10분도 채 되지 않았던 선배와의 짧은 조우는 내 머릿속을 어지럽히기 충분했다. 그녀가 별 뜻 없이 던진 '네가 그렇게 살지 몰랐다'는 그 한마디가 자꾸 환청처럼 귓가에 맴돌았다. 그동안 나와 티격태격 어깨를 부딪치며 스쳐 지나간 그렇고 그런 과거의 인연들이, 그녀의 입을 빌어 나를 비웃는 듯한 묘한 기분이 들었다.

긴장이 사라진 내 일상은 별것 아닌 일에도 쓸데없이 촉수를 세우고 만다. 어쩌면 나조차 지금 이렇게 살고 있는 내 모습이 과거의 내가 살게 되었을지도 모르는 모습보다 초라하다는 생각을 했는지도 모른다.

나는 가만히 눈을 감고 크고 깊게 심호흡을 했다. 이 호흡의 의미는 좌절이나 실망이 아니었다. 그렇게 살기로 결정한 나를 위한 다짐이었다. 과거에 빠지면 후회만 남고, 미래에 빠지면 걱정만 남는다. 어쩌다 흔들릴지언정, 잊지 말아야 할 것은 그렇게 살기로 한 것은 분명 나의 선택이었다는 사실이다. 남들이 기억하는 과거의 나는 이미 사라졌으며, 오늘의 내가 이렇게 살아가고 있으니까.

그 시절, 우리가 가까워질 수 없었던 건…
아마도 일 때문일지도 모른다

TIP

꼭 만나지 않아도 될 그분들을 어쩌다 만나게 되면, 그들이 묻기 전에 내가 먼저 나의 근황을 짧고 단호하게 말한다. 그리고 요목조목 그분들의 일상과 근황을 물으며 유쾌하고 건전한 대화를 이어간다.

어느 곳에도
속해 있지 않기에

은행에서 문자가 왔다. 곧 마이너스 통장의 계약 기간이 끝나가니 연장을 원할 경우 필요한 서류를 다시 제출해야 한다고 했다.

나보다 100배쯤 요리조리 영리한 후배는 혹시 목돈이 필요한 일이 생길지도 모르니 퇴사하기 전에 마이너스 통장 하나쯤은 반드시 만들어 놓으라고 충고했다. 줄곧 나의 월급을 포함한 자잘한 금융 업무를 담당했던 모 은행은 대출 흔적이 없는 나의 신용 등급과 연봉을 감안해 제법 큰 금액의 돈을 낮은 이자율을 붙여 내 통장으로 입금해줬다.

퇴사 후 돈 쓸 일이 별로 없었던 나는 그 돈을 고스란히 통장 속에 묵혀두었다. 그러다가 갑작스레 도쿄 유학을 결정하게 되었고, 이제야말로 이 돈을 쓸 타이밍이라는 생각이 들었는데, 하필 그때 은행의 매정한 문자를 받은 것이다. 퇴직금 덕분에 이 돈을 갚고도 충분한 돈이 다른 통장에 남아 있었지만, 은행은 남의 회사든 자신의 회사든 어느 곳에도 속해 있지 않은 나의 처지를 다시 한번 냉정하게 언급하며 대출금을 되찾아갔다. 원래 내 돈도 아니었지만, 은행을 나오면서 마치 돈을 어이없게 강탈당한 듯한 허탈감이 밀려왔다. 어느 곳에도 속하지 않은 나의 처지를 '돈'이라는 가장 현실적이고 치사한 방법으로, 이 사회가 각인시키는 듯해 서글픈 기분마저 들었다. 게다가 오늘도 눈치 없이 쑥쑥 오르는 엔화를 보며 나의 복 없는 팔자를 한탄했다.

햇살이 제법 뜨거운 오후의 거리를 한 뼘쯤 축 처진 어깨로 휘청거리며 걷다가 나도 모르게 피식 웃음이 났다. 이게 뭐라고…. 어떤 설득과 협박에도 흔들리지 않았던 그 굳은 결심과 의지가 한순간에 약해질 만큼 이게 대단한 일인가? 당장 쓸 돈이 없는 것도 아니고 그깟 마이너스 통장이 만기된 것뿐인데 괜스레 소심해지는 내가 한심했다.

이런 유형의 걱정과 불안은 앞으로의 일을 도모하는 데 수시로 장애물이 될 게 뻔했다. 모아놓은 돈은 언젠가 바닥날 것이며, 틈틈이 프리랜서 신분으로 일을 받아 생계를 유지해야 하는 내게 금전적인 문제는 반드시 넘어야 할 장애물이었다. 지금까지 월급에서 자동으로 해결되던 4대 보험을 이제 스스로 챙겨야 하고, 수입에 따른 세금을 직접 관리해야 했다.

무엇보다 의료 보험이 제일 부담스러웠다. 지금까지 월급에서 매달 엄청난 금액을 보험료로 꼬박꼬박 상납했다는 점과 지금까지 내가 낸 돈을 참작해서 조금이라도 깎아줬으면 하는 나의 바람은 헛헛한 무지에 불과했다. 다행히 아직 큰 수입원이 없다는 명분을 내세워 의료보험료 조정을 위한 신청 서류를 작성하고, 무표정한 공단 직원에게 몇 번씩이나 잘 부탁

드린다는 사정에 가까운 말을 하고 돌아섰다. 그래봤자 아무 소용없다는 걸 잘 알고 있었지만, 지금의 내 처지에 맞는 최선을 다하고 싶었다. 나를 지켜내지 못하는 자존심이 무슨 소용이 있겠는가?

이제, 회사라는 틀을 깨고 나온 내가 알아야 할 것들을 차근차근 알아가야만 했다. 그것들을 더 이상 귀찮아하거나 비굴하다고 생각해서는 안 되었다. 회사에 속했던 내가 나와 다른 처지인 사람들을 위해 냈던 그 많은 세금을, 이제 처지가 달라진 나를 위해 하나둘씩 찾아서 누리면 그만이라고 믿었다. 그러기 위해서는 현실의 눈으로 세상을 봐야 했다. 그건 어쩌면 생존을 위해 너무 당연한 사실이기도 하다.

날 위해 회사가 해준 일도 있었다!

어쩔 수 없는 마음

"힘내." 나보다 몇 해 앞서 회사를 떠난 선배 J가 언제부터인가 전화를 끊을 때마다 인사처럼 저 말을 건넸다.

처음에는 흔하디흔한 저 말이 아무렇지도 않았는데, 어느 순간부터 '왜 자꾸 나한테 힘내라는 거야. 난 잘 살고 있는데…' 하는 삐딱한 생각이 들었다. 이런 걸 속된 말로 자격지심이라고 하는지도 모른다. 분명 선배에게는 그런 뜻도, 그럴

의도도 없었을 것이다. 단지 전업주부가 된 자신에게, 별일 없이 사는 내게 기죽지 말고 더 씩씩하게 살자고 한 응원이었을 터였다. 이 당황스러운 나의 자격지심은 지인들의 모임에서도 여지없이 본색을 드러내기 시작했다.

미국에서 대학원을 나오고 제법 큰 금융 그룹의 회계사로 일하는 대학 동창이 오랜만에 서울로 여름휴가를 왔다며 친한 동기들을 불러 모았다. 물론 그와 나는 대학 시절부터 지금까지 쭉 인연을 이어가고 있는 절친 사이다. 당연히 그는 나의 행보를 속속들이 알고 있었고, 그 누구보다 나의 결단을 지지했었다. 문제는 나머지 동기들이었다. 지금까지 한 번도 대학 동기 모임에 나간 적이 없었던 나를 궁금해하던 그들에게, 지금의 나는 어떻게 비칠까? 시시콜콜 나의 역사를 까발리며 "나는 말이야… 그러니까…" 하는 구차한 변명 같은 화두로 나의 처지와 근황을 대신해야 하는 걸까?

솔직히 안 가면 그만일 자리였지만, 그나마 나를 기억해주는 고마운 친구들과 영영 담을 쌓게 되는 건 아닐까 하는 불안한 마음이 들었다. 아울러 나의 이 '어쩔 수 없는 마음'은 내가 반드시 극복해야 할 내 선택에 대한 책임이고, 이런 애매한 상황들은 내가 방구석에만 처박혀서 남은 생을 보내지 않는 한 언제고 맞닥뜨려야 할 일상이 분명했다.

8월 말임에도 불구하고 초저녁의 여름밤은 여전히 끈적했다. 약속 장소인 인사동의 전통 주점에서는 여러 사람의 목소리가 한꺼번에 뒤섞여 가게에서 흘러나오는 김광석의 구슬픈 노래를 무색하게 했다. 반쯤 열린 문틈으로 나는 이미 중년의 포스가 묻어나는 동창들을 확인하고, 무릎 아래까지 오는 검정 원피스의 주름을 단정히 펴고, 주점 안으로 조심스럽게 발걸음을 옮겼다. 대학 시절에도 늘 그랬듯이 나는 가장 늦게 등장하는 홍일점이었다.

동기들은 다양한 회사의 중간 관리자로서 자기 역할을 하고 있었고, 그들이 내민 명함들이 내 손안에 두툼하게 쌓였다. 그러나 내 근황을 단박에 말해줄 명함을 그들에게 건네지 않은 것에 관해 그 누구도 내게 묻지 않았다. 몇 잔의 술이 오가고 나는 이 '어쩔 수 없는 마음'을 극복해야 한다고 결심했다. 나는 동기들에게 선언하듯 한 톤 높아진 목소리로 말했다. "나는 말이야… 남은 생은, 이제 일 안 하려고. 남의 돈 벌어주는 일… 재미도 보람도 없더라." 동기들은 역시 그럴 줄 알았다는 듯 힘차게 고개를 끄덕이며 나를 향해 잔을 들었다. 그리고 그런 결정을 내린 용기가 대단하다며 자신들은 하고 싶어도 못 하는 일이라고 나를 추켜세웠다. 그리고 이 자리의 주인공이자 나의 절친인 그는 엄지손가락을 척 들어 올리며 말했다. "그래, 이제부터 네가 하고 싶은 거 하면서 멋지게 살아. 술과 밥은 우리가 실컷 사줄 테니까."

어쩔 수 없는 마음 때문에 어찌할 바를 모르게 된 흐뭇한 밤이 깊어갔다. 그리고 나는 이제 힘내라는 선배의 말에 "응 언니. 힘낼게!" 하고 웃으며 대답할 수 있게 되었다.

사람을 힘내게 하는 것은,
역시 사람뿐이다

TIP

회사 모임이나 대학 동기 모임에 나가는 걸 주저하지 않는다. 그리고 당당
하게 인생 2막을 위한 준비 단계임을 선언하고, 지인들이 사주는 맛있는
밥과 술을 덤으로 얻어먹는다.

내 몸과
마주해야 할 때

약속 장소에 가기 위해 지하철을 기다리다 스크린 도어에 흐릿하게 비친 내 모습이 눈에 들어왔다. 똑바로 섰는데도 어깨는 아래로 살짝 처지고, 목은 앞으로 쏟아지듯 고개가 나와 거북이 같고, 등은 길쭉한 화살처럼 휘어져 있었다.

회사를 떠나고, 책상 앞을 떠나고, 스트레스를 떠났지만 내 몸은 예전으로 돌아오지 않고 있었다. 뭐라도 해야 했다. 그래서 찾아낸 게 요가였다. 거울에 비친 선생님의 동작을 설명에 맞춰 따라 하면 되었다. 안 되면 안 해도 그만이었다. 안 되는데 억지로 되게 하는 것이 그 수업의 본질은 아니기에 할 수 있는 만큼만 하고, 대신 자신의 몸을 가만히 들여다보라고 했다. 이곳이 왜 이토록 아플까, 움직이려고 해도 왜 움직여지지 않을까. 나도 모르게 자꾸만 긴장하는 원인은 뭘까. 자신의 몸에 질문을 해보라고 했다. 나는 일주일에 세 번, 그동안 외면했던 내 몸에 질문을 던지며 내 몸이 쏟아내는 아픈 대답들에 귀를 기울였다. 그리고 그 대답에 따라 조금씩 몸을 움직이고 일상의 자세를 바꾸기 위해 애쓰고 있다.

일본의 어느 중년 작가는 나이가 들수록 자주 자신의 몸을 관찰해야 한다고 했다. 하루에 한 번씩 전신 거울 앞에 서서 자신의 몸을 구석구석 비춰 보며, 점점 변해가는 자신의 몸을 두려워하지 말고 사랑스러운 눈으로 챙겨 보며 아껴주라고 했다. 나는 언제부터인가 내 몸을 비춰 볼 자신이 없었다. 나잇살이 서서히 오르는 배와 허리를 참고 봐줄 수가 없었고, 아무리 멋을 내도 예전만큼 스타일이 나지 않는 것도 짜증 났다. 그냥 피하고 안 보는 것이 속 편했다. 나이가 들어가는 것을 내 눈으로 확인하고 어쩔 수 없이 인정하게 되는 순간이 불쾌했다.

하지만 이제야말로 내 몸을 들여다보고 마주해야 할 때였다. 그렇게 하지 않으려 해도 몸이 수시로 잔 비명을 질러대는 바람에 안 볼 수가 없었다. 나는 오늘도 잘 움직여지지도 않고 휘청대기만 하는 뻣뻣하고 딱딱한 몸을 토닥이며 요가를 한다. 그리고 거울 속 내 몸에 말한다. 미안하다 사랑한다.

너 아직
안 죽었구나

슬슬 읽고 싶었던 책 목록이 바닥나고, 날마다 커피의 풍미를 돋우던 클래식 선율이 씁쓸해졌다. 갑자기 재앙처럼 들이닥친 일상의 무료함을 극복하기 위해 당일치기 여행이라도 떠나야 하나 싶은 순간이었다.

그때 기고만장했던 차장 시절에 같은 팀에서 일했던 선배에게 오랜만에 전화가 왔다. 그분의 전화번호가 아직 저장되어 있다는 사실에 사뭇 놀라며 냉큼 전화를 받았다. 큰 광고 회사 임원을 거치고 자신의 회사를 차린 선배는 그간의 오랜 인연을 맺은 광고주로부터 제법 굵직한 기회를 얻었고, 이 일을 도와줄 프리랜서들을 모으는 중이었다. 때마침 내 소식을 건너 건너 전해 들은 선배는 내게 이번 프로젝트를 같이 해보자며 제안했다. 그러나 인간은 참으로 간사했다. 그 전까지 턱에 차오르던 무료함은 바로 귀찮음으로 둔갑했다. 그럼에도 거절을 잘 못하는 우유부단한 나는 잠시 머뭇거리다 해보겠다고 말했다.

저 멀리 가로수 길이 좁다란 골목처럼 내려다보이는 신축 빌딩 꼭대기에 둥지를 튼 선배의 회사는 덩그러니 놓인 책상 몇 개가 전부였다. 믹스 커피를 마주한 채 전화로 못다 한 그간의 안부를 묻고, 선배가 내민 기획안에 관해 설명을 들었다. 베테랑들답게 회의는 금세 끝났고, 선배는 프리랜서가 된 이후 내 첫 수입이 될 기획료를 수줍게 언급했다. 생각보다 많지 않은 금액이었지만, 회사를 막 시작한 선배에게는 충분히 부담스러운 듯했다. 그리고 후배에게 두둑한 수고비를 챙겨주지 못한 것이 미안한지, 그냥 돌아가겠다는 내게 저녁을 사주겠다며 고집을 피웠다. 나는 그럼 간단하게 맥주나 한잔하자 했고, 우리는 근처 호프집으로 향했다.

늦여름의 햇살이 아직 뜨거웠지만 우리는 야외 테이블에 자리를 잡았다. 늘 그랬듯이 맥주잔을 부딪치며, 첫 프로젝트에 대한 아이디어들을 두서없이 쏟아냈다. 적당한 알코올로 워밍업을 한 나의 두뇌는 그간 굳게 자물쇠를 채워놓았던 아이디어 서랍을 봉인 해제했고, 나의 입술은 묵언 수행을 끝낸 수도자처럼 쉼 없이 주절댔다. 그러자 선배는 고슴도치처럼 삐죽삐죽 솟아오른 짧은 머리카락을 연신 만지작거리며 눈을 동그랗게 떴다. 이것은 예전부터 봐온, 내 이야기가 제법 그럴싸하다는 선배만의 시그널이 분명했다. 그리고 맥주잔을 들어 건배하며 말했다. "야… 너 아직 안 죽었구나." 순간 입안 가득 채운 맥주가 꿀꺽하고 목구멍에 걸리며 넘어갔다.

그러니까 나는… 이 바닥에서 이미 죽은 사람이었다. 1만 명도 채 되지 않는 사람들이 뒹구는 이 바닥에서 내 이름은 이미 사라졌으니까. 말하자면, 그 수많았던 송별회는 나의 장례식이었고, 죽은 줄 알았던 내게 희망의 밧줄을 던진 것은 바로 선배가 되는 셈이었다.

　적당히 취기가 오른 나는 격려와 칭찬으로 내뱉은 선배의
말에 별별 사연을 꼬리표처럼 줄줄이 달며 집으로 돌아왔다.
나는 '죽지 않았다'는 선배의 말이 빈말이 아닌 꽉 찬 말이 되
도록 이번 프로젝트에 '적당한' 최선을 다할 셈이다. 그 대가로
내게 일용할 책과 양식을 사다 줄 수입을 씩씩하게 챙기고, 다
시 죽었다가 때가 되면 또 부활하면 그만이니까.

선후배님들,
잘 부탁드려요~

앗, 그럼 그래픽
프리렌서 K. 김경미
경경미

당당하게 프리 선언!
이제부터야 말로 진짜 프로의 삶이
시작되는 거다

그때도 외로웠다

"둘이 있어도 혼자 있는 것만큼 외로운 건 똑같아요." 청춘들의 꿈과 사랑을 그린 일본 영화 〈황색 눈물〉에 나오는 대사이다. 간절히 짝사랑하던 남자 쇼이치와 첫날밤을 보낸 후 돌아서는 토키에의 뒷모습은 참으로 외로워 보였다. 그 순간, 회사 안에서 그토록 원하는 일을 하면서도 그녀처럼 외롭고 허전했던 내가 떠올랐다.

특별히 직장 생활에 문제가 있었던 건 아니다. 새로 만든 사내 동호회에서 회장을 맡기도 했고, 지긋지긋한 야근을 끝내고 아직도 회사에 남아 있는 후배들을 모아 밤새 술을 마시기도 했고, 친한 선배들의 생일도 꼬박꼬박 챙겼다. 그러나 나는 크고 작은 위기의 순간에 늘 혼자였다. 그때마다 그들은 처음 만나는 사이처럼 낯설었고 서늘한 거리감마저 느껴졌다. 내가 알던 그 사람은 그 사람이 아니었고, 내가 믿었던 그 사람은 나를 믿지 않는 듯했다. 나는 참으로 외로웠고, 그런 그들을 마음속으로 원망했다. 전체 회식 날 갑자기 월차를 내거나, 퇴근 시간쯤에 일부러 외근을 나가거나, 일을 핑계로 온종일 회의실에서 나오지 않는 등 숱한 고립의 순간을 자처하면서 모든 게 다 내 탓이라는 자학 속으로 빠져들었다. 고독은 억눌린 자신을 돌아보는 소중한 시간이라고 했지만, 그때의 내 고독은 어디에도 속마음을 솔직하게 털어놓지 못하는 차가운 감옥 속 처절한 외로움이었다.

일이 사라진 나의 일상은 혼자 시작하고 혼자 끝내는 날이 대부분이다. 게다가 그림을 그리고 글을 쓰겠다고 다짐했으니 혼자 보내는 시간은 당연하고 익숙한 일이다. 그러나 가끔 누군가와 이야기가 하고 싶어지는 순간이 있다. 그저 동네 카페에 들어서면 여기저기 팝콘처럼 터져 나오는 그 흔하디흔한 수다가 간절했다. 회사원 친구들에게 전화를 걸면 그들은 "이 따가 전화할게" 하고 서둘러 전화를 끊고, 잠시 후에 '별일 있는 건 아니지?'라는 간결한 문자로 자신들의 도리를 다해야 했다. 그럴 때면 '혼자'라는 새삼스러울 일 없는 사실에 쓸쓸해졌다. 그러나 이 순간의 쓸쓸함은 단지 마른 침을 삼키며 근질근질해진 내 입술의 운동 부족일 것이고, 퇴근 시간까지 참았다가 누구든 붙들고 폭풍 수다로 떨쳐내면 그만이었다.

고독과 외로움은 다르다고 했지만, 어느 순간에는 같은 감정으로 다가오기도 한다. 혼자 있는 시간이 늘어날수록 고독은 외로움이 되고 외로움은 고독이 된다. 나는 여전히 고독과 외로움의 혼돈 속에서 살고 있다. 어쩌다 이른 저녁부터 마신 술에 뜬금없는 후회들로 가슴이 미어지다가 또 외로워지면, 두 눈을 지그시 감고 주문을 외우듯 중얼댄다. "그때도 외로운 건 마찬가지였잖아."

월요일이 사라졌다

일본 소설 《잠깐만 회사 좀 관두고 올게》에 '사자에 상 증후군'이라는 말이 나온다. '사자에ｻｻﾞｴ'는 일요일 오후 여섯 시 반에 방영하는 일본의 국민 애니메이션 제목이자 주인공의 이름이다. '사자에 상 증후군'이란 이 만화가 끝나는 일곱 시가 되면 이제 주말이 얼마 남지 않았음을 깨닫고 서서히 월요일의 공포를 느끼게 되는 증상을 말한다. 마치 우리가 한때 〈개그콘서트〉가 끝나면 진짜 주말이 끝났다는 느낌에 슬퍼했던 것처럼 말이다.

나 역시 일요일 저녁이면 이유 없이 마음이 우울했었다. 얼마 남지 않은 주말이 차례로 바통을 이어가는 텔레비전 프로그램들과 함께 사라지는 걸 불편하게 지켜보곤 했었다. 회사를 그만두고 몇 달이 지나자 월요일의 묵직한 부담감과 공포는 차츰 무게를 잃어갔지만, 그 대신에 일요일 저녁이면 알 수 없는 공허함이 찾아왔다. 마음 한구석이 텅 비었다가 허탈한 웃음으로 다시 채워졌다. 이 알 수 없는 복잡 미묘한 기분은 무엇일까. 이것은 아마도, 모두가 느끼고 있을 '사자에 상 증후군'에서 나만 제외되었다는 일종의 소외감인지도 몰랐다. 나는 이러지도 저러지도 못하는 아이처럼, 리모컨을 신경질적으로 눌러대다가 스스로 다짐하듯 소리 내어 말했다. 출근하는 월요일은 사라졌다고. 너의 일요일 밤도 이제는 달라져야 한다고.

일요일 저녁이 되면 그전에는 꿈도 꾸지 못했던 여유를 부려보기로 했다. 집에서 조금 떨어진 대형 마트에 가서 천천히 장을 보고, 늦은 저녁을 손수 정성껏 차려 먹었다. 그리고 말끔히 뒷정리를 끝내고, 근처 공원에서 어슬렁어슬렁 딴청을 부리며 산책을 했다. 하지만 가로등이 환한 공원을 절반쯤 돌았을 때에도 여전히 마음 한구석이 속삭이고 있었다. '너 또한 월요일을 준비해야 한다. 일요일 오후의 여유로움은 내일이 없는 자의 사치다.'

나는 귓가에 흐르는 음악의 볼륨을 높이고 잠시 걸음을 멈춰 반달이 뜬 까만 하늘을 한참 올려다봤다. 평화로웠다. 일요일 저녁에 이렇게 하늘을 올려다본 게 참으로 오랜만이었다. 나도 모르게 웃음이 났다. 나는 편의점 앞에 놓인 플라스틱 테이블에 앉아 차가운 맥주 캔을 땄다. 옆 테이블의 어르신들이 나를 힐끔 보셨다. 나는 가볍게 눈인사를 하고, 월요일의 공포에 허덕이는 친구들에게 전화를 걸었다. 그리고 나의 여유롭고 평화로운 일요일 오후의 풍경을 생생하게 묘사하며 얄밉고 긴 수다를 떨었다. 금세 기분이 좋아졌다. 출근하지 않는 월요일이 주는 최고의 선물은 이런 종류의 일요일이 아닐까?

머지않아 내게 월요일은 느긋하게 늦잠을 자고 음악을 듣고 천천히 커피 한 잔을 내리고 책을 읽어도 좋은 날이 될 것이다. 게다가 비까지 추적추적 내리면, 이런 날 꾸역꾸역 출근하며 우산을 펴지 않아도 된다는 사실만으로 웃음이 새어 나올지도 모른다. 그러고 보니 왜 한 주의 시작이 꼭 월요일이어야 할까? 나처럼 자유로운 사람은 수요일쯤 시작해서 모두가 분주한 월요일이나 화요일을 주말처럼 써버려도 되지 않을까? 새로운 시도는 언제나 발상의 전환에서 시작되는 법이니까.

일요일은 밤이 좋아~

좋지! 짠! 월요일 휴가 낸 친구

월요일에 뭐 하냐고?
글쎄... 쉬엄쉬엄
빨래나 청소?

용돈 받는 날

두세 달에 한 번꼴로 용돈을 받는다. 액수는 고무줄처럼 늘었다 줄었다 하지만 나를 먹이고 입히는 데는 그다지 부족함이 없다.

일터를 떠난 지 몇 년 만에 다시 만난 동기들과 후배들은 직함이 달라져 있었다. 내 공백은 그들의 승진으로 채워져 있었고, 심지어 최연소 대표 이사도 있었다. 한껏 여유로워진 그들의 말투와 본새는, 내가 돌아갈 곳은 결코 회사가 아니라는 확신을 줬다. 변함없이 살가운 그들은 또 나의 밥벌이부터 걱정하기 시작하며 여기저기 자리를 알아봐 줬지만, 나는 단호하게 거절했다. 그리고 지금부터는 내 이름으로 된 무언가를 만들어 그걸로 살아보겠다고 선언했다.

출판사에 쓰고 싶은 책의 기획안을 보내고, 그간 그린 그림들을 모아서 블로그에 부지런히 올렸다. 그러나 출판사에서는 아무런 답이 없었고, 블로그는 어느새 그림이 사라진 일기장이 되었다. 그렇게 몇 달을 보내고, 답답한 마음에 각별했던 지인의 회사에 잠시 몸담게 되었다. 매일 출근을 해야 했지만 출근 시간은 자유로웠고, 딱히 일이 없는 날에는 나가지 않아도 괜찮았고, 무엇보다 사장의 눈치를 볼 필요가 전혀 없었다. 그가 마련해준 내 방에서 일을 하면 그만이었다. 그러나 타고난 것이 일복뿐인 나는 몇 달을 채 넘기지 못하고 또 일에 허덕이게 되었다. 그렇게 1년을 간신히 채우고 그곳을 나왔다.

그리고 진정한 프리랜서의 길로 접어들었다. 지금부터 나는 기꺼이 먹이 사슬의 가장 낮은 위치가 되어야 했다. 처음에는 먹이 사슬의 꼭대기를 차지한 누군가가 나의 까마득한 후배라는 사실에 당황스러웠다. 이름을 부르는 것이 익숙했던 그들에게 나는 꼬박꼬박 이름 뒤에 직급을 붙이고, 존댓말을 하고, 그들의 반응을 체크하며 설명을 해야 했다. 처지가 180도 바뀌었다. 그러나 나보다 백배는 더 심성이 좋은 그들은 나를 여전히 깍듯하게 선배 대접해줬고, 문 앞까지 나를 배웅하며 감동하게 했다.

나는 이제 기쁜 마음으로 그들의 을이 되어 그들을 돕고 그 대가로 용돈을 받는다. 책임을 내려놓고 일을 맞이하니 모든 게 달라졌다. 머리와 몸은 유연해지고 해결책을 찾는 범위가 한층 넓어졌다. 프리랜서는 자기 하기 나름이라 자신의 쓸모를 얼마든지 매력적으로 만들 수 있다는 걸 차츰 알게 되었다. 무엇보다 프리랜서는 베테랑만 할 수 있는 것도 아니었다. 단계별로 할 수 있는 일은 다양했고, 경력이 무겁지 않을수록 팀원처럼 편하게 함께 일할 수 있다는 장점도 있었다. 그러니 누구든지 원한다면 자신의 분야에서 프리랜서가 될 수 있다. 그렇게 어쩌다 받는 두둑한 용돈은, 분명 월급보다 짜릿할 것이다.

TIP

모두가 아는 사실이고 공감하겠지만, 함께 일하고 싶은 사람은 대부분 일을 잘하는 사람일 것이다. 그런 사람으로 한 번이라도 기억되면 프리랜서의 길은 순탄해진다. 그리고 프리랜서라고 해서 꼭 혼자 일할 필요는 없다. 비슷한 업종끼리 한곳에 모여서 각자의 일을 하면 의외의 시너지가 생기고, 뜻밖의 인맥과 기회가 생긴다.

프리랜서의 휴가

프리랜서인 나의 휴가는 차가운 살얼음이 내려앉은 샤르도 네 와인이다. 언제부터 언제까지라고 날짜를 정하지는 않았지 만 미치도록 아무것도 하기 싫어지는 시점이 되면, 나는 슬슬 휴가를 준비한다.

여전히 회사를 잘 다니는 절친한 후배들과 몇 번의 휴가를 같이 보내며 깨달은 게 있다. 더 이상 그들의 휴가 목적이 나와 같을 수 없다는 사실이다. 그들은 휴가가 끝나면 반드시 돌아가야 할 곳이 있고 해야 할 일이 있지만, 나는 아니었다. 돌아가기 싫으면 며칠 더 뭉개도 그만이고, 딱히 당장 해야 할 급한 일도 없었다. 한마디로 시간에 대한 절박함이 달랐다. 그들이 더 놀고 싶고 더 누리고 싶은 그 아까운 시간에, 나는 그저 차가운 샤르도네를 마시며 책을 읽고, 한가로이 동네를 배회하고 싶어 했다.

그 후로 나는 프리랜서인 내가 무슨 휴가냐며 말끝을 흐리고 혼자서 보내는 휴가를 계획했다. 처음엔 어디든 떠나야 한다고 생각했지만 호텔을 알아보고 항공권을 사는 일련의 과정들이 귀찮았고, 우유부단한 나는 어디로 갈지 결정도 못 하고 쓸데없이 여행책들만 사 모았다. 그러다가 어디를 가야 한다는 것조차도 스트레스가 되었고, 꼭 어디로 가야 할 이유는 무엇이냐고 스스로를 다그치면서 결국엔 방구석 휴가를 자발적으로 선택하고 말았다.

준비는 간단했다. 먼저 읽고 싶은 책을 고른다. 그것도 너무 읽고 싶었지만 왠지 대낮부터 읽기엔 조금 죄스러워지는 추리

스릴러 소설이나 마냥 웃게 되는 병맛 만화 시리즈, 또는 나를 대신해 휴가를 다녀온 여행 에세이 들을 엄선한다. 그다음엔 백화점 식품 매장으로 가서 안면을 터놓은 와인 마스터와 살갑게 인사를 나누고, 적당한 가격의 와인 몇 병을 추천받아 그중에서 고른다. 물론 내가 사랑해 마지않는 샤르도네다. (참고로 화이트 와인을 실수 없이 고르는 팁을 하나 알려주자면, 적당한 가격대를 결정하고 드라이한 정도만 확인한 뒤에 무조건 샤르도네를 고르면 된다. 웬만해서는 실패할 확률이 별로 없다. 대부분 마실 만하다.) 그리고 와인에 간단히 곁들일 치즈와 크래커를 산다.

이렇게 모든 것이 준비된 그다음 날부터 나의 휴가는 시작된다. 보통 2박 3일 정도가 가장 적당한데, 그 이상 길어지면 휴가가 아니라 그저 빈둥거림이 된다. 느긋하게 늦잠을 자고 일어나 샤워를 한 뒤 간단하게 아침을 먹는다. 그리고 날씨를 살핀다. 햇빛이 쨍쨍하면 창문의 커튼을 모두 걷어 젖히고, 보슬보슬 비가 오면 향초를 밝힌다. 휴가지에나 어울릴 법한 하늘하늘한 부드러운 면바지와 티셔츠를 꺼내 입고, 냉장고에 넣어둔 차가운 샤르도네를 꺼낸다. 가장 편안한 자세로 소파에 몸을 맡기고 책장을 넘기며 샤르도네를 홀짝인다. 물론,

음악도 빠질 수 없다.

그 순간 '만약 우리의 언어가 위스키라면…'이라고 했던 무라카미 하루키의 글처럼 나의 언어는 샤르도네가 된다. 나는 내게 술잔을 내밀고, 나는 그걸 마시고, 책 속의 언어와 나의 언어는 하나가 되어서 나를 취하게 하고 행복하게 한다. 그렇게 프리랜서의 완벽한 휴가는 시작된다.

아… 좋다~

휴가는 몸이 아니라
마음이 가는 것인지도
모른다

억지로 안 되는 일

일상을 새로 고치기 시작한 이후 내게 생긴 가장 큰 변화는 바로, 망설임 없이 거절을 할 수 있게 되었다는 것이다. 프리랜서 주제에 일을 거절한다는 것은 다음을 약속할 수 없다는 현실적인 위험을 안고 있음에도 불구하고, 나는 종종 거절을 한다. 거절의 이유는 두 가지다. 해도 안 될 것 같은 일과 하기 싫은 일. 즉 억지로 안 되는 일이라면 단호하게 거절한다.

이 정도 버티고 나면 직감적으로 '웬만하면 안 하는 편이 좋겠다'는 느낌이 들 때가 있다. '감'이라는 녀석이 절레절레 고개를 흔든다. 그럴 때면, 이제 웬만해서는 잘 뜨거워지지도 않는 열정과 의욕이 더 차갑게 얼어붙는다. 노력에도 밀고 당김이 필요하고 노력만으로 빛나던 시대가 지났다는 걸 알게 된 탓이기도 하다.

인간관계도 마찬가지다. 오래전에 끊긴 인연을 어쩌다 다시 만났다고 해서 반가움에 호들갑 떨지 않으며, 뜻밖의 일로 멀어진 인연이 아쉬워 애써 붙잡으려 하지도 않는다. 어차피 스쳐 지나가고 떠나갈 인연이라면 그렇게 되도록 내버려 둔다.

늘 고대하던 '기회'라는 녀석 앞에서도 마찬가지다. 기회가 주어졌다고 앞뒤 가리지 않고 덥석 잡지 않는다. 이것이 기회인지 위기인지, 나를 중심에 놓고 앞뒤 상황을 찬찬히 따지게 된다. 이런 나를 보며 누군가가 나이 먹더니 변했다고 했다. 예전보다 표정도 소심해지고 두둑했던 배짱도 사라졌다나. 또 누군가는 아직 살아갈 날이 많은데, 그렇게 해서 다시 세상 밖으로 나올 수 있겠냐며 걱정의 쓴소리도 했다.

물론이다. 나는 예전보다 소심하고 조심스러워졌고, 내 젊은 날의 해시태그였던 배짱과 확신은 분명 사라졌다. 하지만 나는 깨달은 게 있다. 삶은 억지로 확신을 불어넣고 완벽해지려고 애쓸수록 힘들어진다는 사실이다. 한낱 인간인 우리는 모두 약점과 실수투성이고, '나는 결코 완벽해질 수 없다'는 불편한 진실을 아침에 해가 뜨고 저녁에 해가 지는 자연의 섭리처럼 그저 자연스럽게 받아들이면 그만이다. 진작 그랬다면, 사는 게 조금은 만만하지 않았을까?

이제는 내 탓도 아닌 문제를 해결하겠다고 애쓰기보다 내힘으로 해결할 수 있는 문제에만 집중한다. 그리고 꼭 세상 밖으로 나가지 않아도 내가 만족하며 살아갈 수 있도록 성숙한 자신감과 느슨한 여유를 키우려 한다. 이제서야 내 삶에 초대된 이 일상들을 더 이상 억지로 해도 안 될 일 때문에 놓치거나 포기하고 싶지 않다.

내 결정의 중심에는…
오롯이 내가 있어야 한다

안 하길 잘했어~
그치 ?!

TIP

안 하는 것도 존중받아야 할 내 선택이다. 나를 위해서라고 하지만 그게
정말 나를 위해서일까? 너를 위해서는 아니고?

또 다른
나를 깨우는
일상 새로 고침
안내서

일상 새로 채우기

"많은 것을 기꺼이 내려놓지 않으면

또 다른 나를 깨우는 것은 불가능하다."

또 다른 나를
깨우는 일

회사를 떠나기로 결심하고 나는 스스로에게 묻기 시작했다.
'그래 좋아. 이제부터 네가 하고 싶은 걸 하겠다고? 그럼 뭘 하
고 싶은 거야?' 주변에선 잘하는 걸 하라고 충고하는데, 내가
잘하는 게 뭐였는지 되묻고 되물을수록 정답은 하나뿐이었
다. 지금까지 해온 일⋯. 가슴이 꽉 막혔다.

내가 분신처럼 끼고 다니던 노트를 펼쳤다. 이 노트는 마음

에 와 닿았던 각종 글귀, 짧은 메모에 가까운 일기, 낙서 들로 가득했다. 몇 장을 뒤적이다가 나는 보라색 펜으로 또렷하게 써 놓은 몇 줄에 시선이 멈췄다. '그림을 그리자. 글과 그림이 가능하다면 하고 싶은 걸 뭐든지 할 수 있다.' 그리고 그 옆에 턱을 괴고 고민에 빠진 여인의 일러스트가 어설프게 그려져 있었다.

그랬다. 나는 초등학교 때부터 그림을 그리고 싶었고, 전국 사생 대회에 나가서 특상을 받기도 했었다. 음대를 나온 엄마 손에 이끌려 미술 학원 대신 피아노 학원에 보내졌지만, 그림에 대한 나의 열정은 식지 않았다. 중학교 때는 철마다 화단에 피는 꽃들을 그리던 미술반이었고, 고등학교 때는 가장 존경했던 미술 선생님을 따라 전시회를 다니기도 했다. 여고생이었던 나는 용돈을 모아 질이 좋은 수입 스케치북을 사고, 잠이 오지 않는 밤이면 이불 속에서 사각사각 소리를 내며 그림을 그렸다.

그날 바로 서점으로 가 몇 권의 일러스트 책과 스케치북을 샀다. 아주 오랜만에 스케치북을 펼치고, 유럽 출장 때 케이스가 예뻐서 덜컥 샀던 색연필을 꺼냈다. 가지런히 누워 있는 24색의 색연필들이 무지개처럼 아름답게 빛났고, 그 빛은 고스란히 내 가슴속으로 투영되었다. 그렇게 나는 일을 중심으로 돌아가던 내 우주 속에서 까맣게 지워졌던 또 다른 나를 깨우고 있었다. 그런데 이 소녀 시절의 꿈이 내 남은 생을 책임질 수 있을까?

곰곰이 생각해보면, 지금까지 나는 무언가 대단한 일을 해야만 한다는 강박에 사로잡혀 있었다. 소위 남들이 알아주는 그런 일만이 인생의 목표가 되거나 성공의 지표가 된다고 굳게 믿었다. 그러하기에 앞으로 내가 하고 싶은 일은 지금까지 내가 해온 일보다 더 번듯해 보이고, 회사를 떠난 지금의 나를 더욱더 그럴싸하게 보이도록 해줘야 했다.

결국 무대를 바꿀 뿐 상황은 다르지 않았다. 많은 것을 기꺼이 내려놓지 않으면 또 다른 나를 깨우는 것은 불가능하다. 하고 싶은 것을 하기 위해서 하고 싶지 않은 것을 하지 않을 용기가 필요했다. 약간의 분노와 약간의 허영심, 그리고 이기적인 고집과 집착에 가까운 그런 마음의 감정들. 그것들을 '용기'라는 이름으로 떳떳하게 꺼내야 했다. 나의 빨간 머리 앤은, 잊혔던 나를 깨워 그림을 그리고 글을 쓰며 살아가도 그만이라고. 그래서 당신이 조금 더 즐겁고 조금 더 웃을 수 있다면 그걸로 충분하다고 나를 흔들며 토닥였다.

이 세상에
좋아하는 게
많다는 건…
멋진 일 아닌가요?

끄덕끄덕~

맞아…
아주 멋진 일이야!

TIP

누가 시키지도 않았는데 스스로 찾아서 하게 되는 일들을 떠올려본다. 그리고 그것들을 하는 순간, 자신의 기분과 마음이 어떠했는지 곰곰이 생각해본다. 그저 기분이 좋았거나 즐거웠다면, 그걸 하고 싶은 나를 깨워서 하면 된다.

오므라이스 냄새

"왜 하필, 도쿄야?" 송별회 겸 모인 점심 회동에서 내 옆자리에 앉은 선배가 의외라는 듯 물었다. "음… 오므라이스요. 골목에서 나는 오므라이스 냄새를 맡고 싶어서요." 농담 같은 나의 대답에 선배는 빙긋하고 웃었다. 아마도 그는 속으로 생각했을 것이다. '뭔 소리야, 확실히 상태가 이상하긴 하구나. 네가….'

내게 도쿄는 전혀 매력적인 도시가 아니었다. 대리 시절, 광고주와 함께 식품 박람회 참관을 위해 도쿄에 간 적이 있었다. 대도시임에도 불구하고 영어가 전혀 통하지 않는 것, 길거리에서 뭔가를 나눠주는 요상한 차림의 노란 머리 청년들, 그리고 어딜 가도 입장을 기다려야 하는 긴 줄. 도쿄에 대한 인상은 이런 것들뿐이라 다시 가고 싶은 생각은 추호도 들지 않았다. 그랬던 내가 왜 하필 인생의 마지막 유학이 될지도 모르는 이번 기회를, 도쿄에서 보내기로 결심했을까?

당연히 그림을 배우기 위해서였다. 도쿄에는 유명한 디자인 전문학교가 많았고, 무엇보다 유학 생활을 2년으로 단축할 수 있었다. 그것이 첫 번째 이유였다. 그다음은 우습게도 당시에 밤마다 나를 웃고 울게 했던 일본 드라마 〈런치의 여왕〉 때문이었다. 드라마 주인공인 나츠미가 좁다란 골목에 자리 잡은 아담한 레스토랑에서 맛있게 먹던 오므라이스. 그리고 그녀의 명대사. "혼자 무슨 일을 해도 잘 안 풀리고, 지금 당장 전화를 하거나 내일 만날 친구도 없고, 있을 곳도 없어서 외로울 때가 있잖아요. 그럴 때는 항상, 그 가게에서 달콤한 냄새가 났어요. 오므라이스 냄새. 예전에 먹었던 그 오므라이스 냄새… 달콤하고 따뜻하고 행복한 맛. 그래서 살아가자 생각했어요." 드라마 속 그녀가 마치 지금의 내 처지 같아서 대성통곡을 하며 그 장면을 몇 번이나 돌려봤는지 모른다.

나는 그 순간 마음속에 그려봤다. 도쿄에 가면, 골목 어딘가에 그런 레스토랑이 나를 기다리고 있고, 나는 스케치북이 든 가방을 메고 그 앞을 지나고, 가게에서 새어 나오는 은은한 오므라이스 냄새에 발걸음을 멈추고, 성큼성큼 가게 안으로 들어가 런치의 여왕처럼 맛있게 오므라이스를 먹으며 행복해한다. 그것으로 내가 도쿄에 갈 이유가 완벽해졌다.

몇 달 후 나는 도쿄로 갔다. 한여름 더위가 최고조에 이른 8월의 도쿄는 찜통에 갇힌 것처럼 숨이 막혔다. 사우나가 따로 없었다. 도착한 다음 날부터는 앞이 보이지 않을 만큼 비가 왔다. 그다음 날도, 다음다음 날도 비는 그칠 줄 몰랐다. 하염없이 내리는 비를 보며 한국에 다시 돌아갈 이유와 다시 돌아갈 수 없는 이유를 수차례 번갈아 떠올렸다. 쉽게 내린 결정은 쉽게 후회를 부르는지도 몰랐다. 그 후로 수십 번도 더 후회했지만, 그래도 도쿄는 내게 골목골목 숨겨놓은 레스토랑에서 맛있는 오므라이스를 실컷 먹게 해줬다. 그것만으로 나는 드라마 속 주인공처럼 행복했다.

일을 떠나 미아가 된 나에게 학생이라는 이름으로, 원 없이 다시 방황할 수 있는 시간이 시작되었다. 남은 인생을 위해 무엇이든 다시 시작하지 않으면 안 된다는 굳은 결심을 매 순간 하게 했다. 낯선 하루를 보내고 집으로 돌아가는 기차를 기다리며 바라보는 청명하고 푸른 도쿄의 하늘은, 처연했지만 평화로웠다. 막다른 골목길에서 우연히 만난 행운처럼 나의 도쿄는 나에게 서서히 다가오기 시작했다.

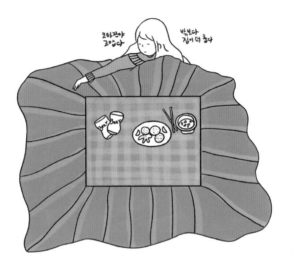

유학 생활의 추억이…
꼭 따뜻한 것만은 아니다~

코타쯔야
고맙다

밥보다
잠이 더 좋다

TIP

유학을 결심했다면, 학교도 중요하지만 내가 몇 년간 살 곳이니 신중하게
따져볼 것. 드라마나 영화에 속으면 안 된다(나처럼). 절대로.

언어의 정원

학력고사 마지막 세대인 나는 고3이 되자마자 제일 먼저 한문을 포기했다. 고작 다섯 문제의 정답을 찾아내기 위해 시간을 낭비하고 싶지 않았고, 대충 찍어서 하나라도 맞추면 그만이라고 생각했다. 대학 졸업 후에는 영어가 난무하는 광고 용어들을 쓰며 살아온 덕에 한문이라는 녀석은 어쩌다 펼친 신문 속에서 만나는 게 전부였다. 이렇게 한문에 무지한 내가 겁도 없이 한문을 기초로 하는 일본어를 배우겠다고 다 늦게

덤빈 것이다.

처음에는 나도 3개 국어(한국어, 영어, 일본어)에 한번 도전해 보겠다는 알량한 생각으로 시작했다. 그러다가 일본 영화나 드라마에 재미를 붙이고 나니 평소 쓰는 우리말과 유사한 단어가 종종 들려 어쩌면 생각보다 쉽게 일본어를 배울 수 있을지도 모른다는 확신까지 생겼다. 퇴사를 결심한 후, 강남역 근처의 일본어 학원을 두 달 동안 다니면서 히라가나와 가타카나를 익히고 간단한 회화를 배웠다. 그다지 어렵지도 않고 재미있었다. 일본어쯤은 문제없다는 자신감을 쌓아가며 유학원에서 소개해준 도쿄의 어학원으로 등록금을 보내고 유학 준비를 했다.

일본어는 우리가 학창 시절 내내 용을 쓰고 배웠던 영어보다 쉬웠다. 문법도, 말하기도, 듣기도 같은 아시아 문화권인 우리에게는 영어보다 배우기 유리했다. 유럽인들이 우리보다 영어를 더 쉽고 빨리 배우는 것처럼 말이다. 하지만 가장 힘들었던 것은 쓰는 법과 읽는 법을 각각 외워야 한다는 점과 일본식으로 바꾼 요상한 영어 표현을 써야 한다는 점이었다(예를 들어 맥도날드를 '막그도나르도'라 읽고 써야 한다). 처음에는 비싼 돈 내고 미국 어학연수까지 가서 '본토 발음'을 교정받았는데, 이걸 무시해야 한다는 사실이 못마땅했다. 하지만 이것 또한 영어가 아니라 그저 일본어라고 생각하니 참을 만했다. 문법은 생각보다 어렵거나 복잡하지 않아서 수업만 꼬박 들으면 충분히 따라갈 수 있었다.

문제는 '말하기'인데, 다소 내성적인 일본인들과 말문을 트는 게 쉬운 일이 아니었다. 그래서 동네 주민 센터에서 열리는 한일 문화 교류 모임에 매주 참가해서 일본 친구들을 사귀었다. 그들은 모두 한국을 좋아하고 한국어에 대한 관심이 남달라서 나에게 열심히 한국어에 대해 물었고, 자연스레 부족한 나의 일본어를 고쳐줬다. 그러다 보니 자연스럽게 자신감이 생기면서 일본어로 말하기가 쉬워졌다. 그러자 듣는 것도 쉬워졌다. 보통 10개월 정도 지나면 지하철에서 떠드는 여고생들의 이야기를 대부분 알아들을 수 있고(언어 감각이 부족한 나조차도 그랬다), 예능 프로그램을 보며 히죽히죽하게 된다.

일본에서 전문학교는 물론, 대학교에 진학하려면 1,000자정도의 한문(고등학교 졸업자 수준)을 외우고 쓸 수 있어야 한다. 일본어 능력 시험을 위해서인데, 나처럼 한문에 까막눈인 사람도 1년 정도면 가능했으니 한자를 좀 아는 사람들은 훨씬 쉬울지도 모른다. 그런 점에서 보면 나이가 들수록 도전하기에 유리한 외국어야말로 일본어가 아닐까? 아무래도 젊은 세대보다 한문에 익숙하니 말이다. (나는 예외였지만…)

무엇보다 일본 한자는 쓰기도, 그리기도 어려워서 일본인들조차도 발음 기호처럼 풀어 쓰는 히라가나로 대체하는 경우가 태반이고, 똑똑한 스마트폰이 척척 한자를 찾아줘서 아무런 문제가 없다. '일본어'라는 언어의 정원은 조금은 지루하고 복잡한 입구만 통과하면 그 후로는 내 방식대로 앞으로 걸어가기만 하면 되는 곳이다. 그곳에서 마주치는 사람들이 나와 별반 다르지 않다는 것을 확인하면서 말이다.

언어란 꼭 유창하지 않아도…
이상하게 통한다!

오겡끼데스까~   오겡끼데스까?   오겡끼데스까~

TIP

일본 애니메이션이나 드라마를 좋아하면 일본어를 배우기가 더 쉬워진다. 단순한 대사들을 따라 하면서 재미를 붙이고 도쿄로 여행을 가게 되면 직접 말해본다. 말이 제법 통한다는 사실을 실감하면 그다음부터 제대로 도전해보고 싶은 자신감이 생길지도 모른다.

보잘것없지만 소중한

금요일 밤마다 기타 소리가 나는 수상한 가게가 있다. 간간이 웃음소리가 새어 나오는 걸 보아하니 그곳에서 무언가 즐거운 일이 벌어지고 있음이 분명했다.

내가 살았던 도쿄 나카노 구의 작은 동네에는 제법 긴 시장골목이 있고 구석구석 좁다란 골목에는 간판 없는 가게들도 많았다. 매일 이 골목을 지나다니며 호기심이 커졌다. 도대체

저 가게들은 뭘 파는 곳일까? 문을 여는 날도 들쑥날쑥해서 좀처럼 정체를 알 수 없었다.

그러던 어느 날, 밤 열 시를 훌쩍 넘긴 금요일 저녁이었다. 녹초가 된 몸을 이끌고 골목길을 걸어가는데 늘 굳게 닫혀 있던 가게 중 하나가 밝게 불이 켜져 있었다. 반쯤 열린 문틈으로 기타 소리가 제법 크게 들렸고, 노란 불빛 아래 삼삼오오 사람들이 모여서 연주를 감상하며 맥주를 마시고 있었다. 가게 앞에 놓인 낡은 행거에는 큼직한 사이즈의 빈티지 옷들이 주렁주렁 걸려 있었고, 그 옆에는 까맣게 그을린 얼굴의 여자가 쪼그려 앉아 담배를 피우고 있었다. 작은 창고로 보였던 이곳의 정체는 옷 가게였다. 나는 점점 호기심이 발동했고, 그날 따라 이런 어른들의 모임이 간절했기에 먼발치에서 가게 안쪽 상황을 좀 더 훔쳐보기로 했다.

그곳에 모인 사람들은 돌아가면서 기타를 연주했다. 누군가는 틈틈이 환호성을 지르고, 누군가는 노래를 부르고, 또 누군가는 춤을 추기도 했다. 순간 저들이 누군지 알 것 같았다. 이 동네에 사는 아티스트들이었다. 온종일 방구석에서 작업을 하고, 새벽이 되어야 잠이 들고, 해가 중천에 떠야 눈을 뜨는, 보잘것없지만 소중한 그들만의 일상을 반복하는 사람들. 가난하지만 행복한 이들이 지금 저곳에 모여 자기들만의 조촐한 파티를 벌이고 있었다. 나를 발견한 한 사람이 들어오라고 손짓했지만 쓸데없이 낯가림이 심한 나는 용기가 나지 않았다.

이런 풍경은 도쿄의 번화가를 벗어나면 흔하게 볼 수 있었다. 그들은 각자의 처지에 맞게 익숙한 공간을 찾았고, 저마다의 방식으로 일상을 즐기는 법을 알고 있었다. 돈이 없으면 없는 대로 돈을 쪼개고 쪼개서 맛있는 걸 해 먹고, 싸구려 술에 적당히 취해서 있는 그대로의 자신을 마음껏 드러내며 해맑게 웃었다. 그 순간이 참으로 행복해 보였다. 전혀 행복할 수 없는 환경을 행복으로 바꾸는 마법을 가진 듯했다.

가끔 길거리를 지나가다 보면 그들의 작품도 우연히 볼 수 있었다. 길바닥에 크레용과 파스텔로 그려놓은 봄날의 꽃들. 혹은 자투리 나무 조각으로 만든 수줍은 토끼 인형. 그들은 자신의 아지트가 되어준 이 동네를 위해 기꺼이 작품을 내줬

다. 비와 바람에 의해서 금세 지워지거나 날아갈 것을 알면서
도 말이다. 그들처럼 살고 싶어도 그들처럼 살 수 없는 나는,
보잘것없지만 소중한 그들의 일상을 닮고 싶었다.

조물조물~ 그녀의 손안에서
자기만의 보물이 탄생하는 순간을
보는 것만으로 즐겁다

앗, 이뿐 컵발견!

도자기
공방 ♡
OPEN!
들어오세요~
☺

TIP

동네 골목을 산책한다. 평소에는 보이지 않았던 작은 공방이나 소품 가게를 찾아내고, 차분히 둘러본다. 가게를 지키는 누군가는 이 작품의 주인일 것이고, 그들과 작품 이야기를 나누면서 봄날의 햇살처럼 마음이 포근해지는 걸 느껴본다.

좋아하는
너무 좋아하는

도쿄 유학 시절, 자신에게 특별한 향기를 그림으로 표현해보라는 과제를 받은 적 있다. 생각을 그림으로 표현하기도 어려운데 향기를 그림으로 표현하라고 하니 당황스러워 서로를 힐끔거리며 연필만 만지작거렸다. 선생님의 의도는 향기에 얽힌 어떤 추억이나 그날의 분위기를 그려보라는 것이었다. 나는 어린 시절, 어느 5월의 초저녁 바람을 타고 하늘에서 내 머리 위로 쏟아졌던 아카시아 꽃잎을 떠올렸다.

내 옆자리에 앉은 나고야 출신의 열여덟 살 유꼬는 유달리 수박을 좋아했다. 신기하게도 유꼬의 작품에는 언제나 수박이 등장했다. 입학하고 첫 일러스트 실습 시간에 자신이 가장 좋아하는 걸 그리라고 하자 유꼬는 반으로 쪼개진 커다란 수박과 그 옆에서 만화책을 보는 자신을 그렸다. 그 후로도 어떤 과제를 내줘도 유꼬의 수박은 때로는 뜬금없이, 때로는 혀를 내두를 만한 모습으로 등장했다. 이 정도면 수박을 좋아해도 너무 좋아하는 게 틀림없었다.

이번 과제에서 유꼬의 수박은 과연 어떻게 등장할까? 나는 문득 궁금해졌다. 수박은 향기로 유혹되는 과일이 아닌 데다가 선생님은 분명 그 향기의 주체를 있는 그대로 단순하게 그리면 안 된다고 했다. 그것이 어떤 느낌인지 그림으로 표현하여 보는 사람들이 '아하, 이건 수박 향기구나' 유추할 수 있어야 해서 유독 이 과제가 어려웠다.

그런데 유꼬는 또 한 번 놀라운 아이디어를 냈다. 나는 그녀다운 깜찍한 발상으로 탄생한 그림을 보고 웃음이 터져 나왔다. 이번 그림에는 결코 수박이 등장할 수 없겠다고 생각한 나의 기대를, 유꼬는 멋지게 한 방에 날려버렸다.

4층짜리 맨션의 맨 꼭대기 층에 있는 작은 베란다. 그곳에서 녹색 원피스를 입은 소녀가 까치발을 한 채, 빨간색 아이스크림을 깨물며 저 멀리 보이는 불꽃놀이를 구경하고 있었다. 소녀의 오물거리는 입 모양과 까만 하늘을 수놓은 수박씨 같은 불꽃의 파편에서 순간 상큼한 수박 향기가 났다. 유꼬의 사랑스러운 수박이 이번에는 아이스크림과 불꽃으로 둔갑했다. 좋아하는 것. 너무 좋아하는 것. 거기에는 자기 자신과의 남다른 교감, 그 이상의 이야기들이 녹아 있었다.

회사를 떠나 마흔이라는 나이에도 불구하고 나는 좋아하는 것을 위해 학생이 되었다. 그러나 내 그림에는 유꼬가 표현해내는 순수함이 보이지 않았다. 단지 잘하려 애쓰는 노력의 흔적과 애타는 간절함이 배어 있을 뿐이었다. 유꼬처럼 좋아하는 것을 진심으로 즐기기보다 좋아하니까 더 잘해야 하고, 그것이 소위 실력이 되어야 한다는 생각 때문인지도 모른다.

내가 다시 유꼬처럼 되는 일은 기적에 가까울 것이다. 피카

소가 아이의 눈으로 세상을 보기 위해 오랜 시간과 노력을 들였던 것을 생각하면 말이다. 그러나, 도란도란 나란히 앉아서 그림을 그리고 서로의 그림을 바라보는 그 순간만큼은 나 또한 유꼬를 조금이라도 닮을 수 있기를 간절히 바랐다.

처음 작가가 되던 날

"김 상, 드디어 팔렸어요. 당신 작품!" 작은 갤러리의 오너인 P의 문자였다. 학교를 마치고 지하철역으로 가던 나는 발걸음을 멈추고, 쿵쾅거리는 심장 소리를 들으며 P에게 전화를 걸었다.

2만 엔. 내 그림값이었다. 갤러리 수수료를 빼면 1만 4천 엔이 내 몫이 된다. 입학식 날, 어느 선생님이 말했다. 너희들의 작품이 팔리는 그때부터 너희들은 작가가 되는 거라고. 나는 드디어, 작가가 되었다.

내 나이의 반 토막인 일본의 청춘들과 나는 공통점이 별로 없었다. 쉬는 시간마다 그들이 쏟아내는 수다에 나는 동참할 수 없었고, 틈만 나면 그들이 모여서 하는 각종 게임기들의 요상한 소음에 머리가 지끈거렸다. 하지만 철없는 그들도 그림 앞에서는 숙연해졌다. 학교에는 반드시 천재들이 있고, 그들의 재능 앞에 고만고만한 나머지들은 다 한편이 된다. 나도 그들과 한편이었다. 여름 방학을 앞둔 어느 날, 마지막 과제를 끝내고 누군가가 갤러리를 빌려 전시를 해보자고 했다. 나는 순간 웃음이 나왔다. '누가 우리 같은 아마추어의 그림을 보러 올까?' 그러나 (이들 눈에는) '언제나 마음 푸근한 한국에서 온 큰언니'인 나는, 고개를 끄덕이며 그러자고 했다.

영화 〈상실의 시대〉에도 나온 적이 있다는 긴자의 갤러리 골목, 그 끝자락에 위치한 낡은 지하 갤러리를 일주일간 빌려 각자 한 작품씩 전시하기로 했다. 그리고 참가자들이 순번을 정해서 갤러리 오너인 P와 함께 갤러리를 지키기로 했다. 내가 당번이었던 날, 운 좋게 미술 잡지 기자가 갤러리에 들렀다. P의 소개에 의하면, 이분은 아마추어들의 작품을 사 모으는 게 취미이고 괜찮은 작품은 슬쩍 잡지에 소개도 해준다고 했다(50대 초반이었는데, 욘사마의 엄청난 팬이었다). 만난 지 몇 시간 만에 나의 신상을 모두 파악한 P는 매우 적극적으로 내 작품을 기자에게 소개했다. 기자는 몇 분 동안 별말 없이 빤히 그림을 쳐다보더니 아리송한 미소를 짓고 갤러리를 나섰다. P는 내 두 손을 덥석 잡으며 그의 반응이 나쁘지 않다고 호들갑을 떨었다. 그리고 약속했던 일주일이 지났음에도 불구하고, P는 원한다면 내 작품을 계속 전시해도 좋다고 했다. 그저 감사할 뿐이었다.

그리고 일주일 후. 다시 갤러리에 들른 기자가 내 작품을 사고 싶다고 했고, P는 냉큼 2만 엔이라는 거금을 그림값으로 불렀다. 그는 흔쾌히 그 금액을 지불했고, 기회가 된다면 나의 다른 작품도 더 보고 싶다는 말을 남기고 떠났다. 나보다 더 신이 난 P는 숨도 안 쉬고 기자가 한 말들을 전해줬고, 나는 가슴이 뭉클해져서 묵묵히 듣기만 했다. 그 후로도 그들은 내 작품을 위한 숨은 조력자이자 응원군이 되어줬다.

사진으로 남겨놓은 그때의 그림들을 지금 다시 보면 작품이라고 하기엔 턱없이 어설프고 그저 그렇다. 그들이 기꺼이 내 그림들을 보듬어준 이유는, 늦깎이 작가 지망생을 응원하고 싶은 고마운 마음이었을 것이다. 작가는 아무나 될 수 없다는 걸 잘 알면서도, 그 힘들고 어려운 길을 굳이 걷겠다고, 나는 결심했고 또 결심한다.

TIP

작가는 아무나 될 수 없지만, 누구나 될 수 있다. 그리고 싶은 것이 있고, 쓰고 싶은 것이 있고, 만들고 싶은 것이 있다면. 그리고 그것을 끈질기게 이어갈 용기가 있다면 가능하다.

마흔 살의
도쿄 취업 도전기

맥북이 먹통이다. 자정을 넘기고 드라마 〈심야식당〉이 시작될 무렵, 무심코 휘두른 내 오른쪽 팔꿈치에 머그잔이 걸려 넘어지면서 맥북의 까만 키보드 위로 샛노란 주스가 사정없이 쏟아졌다. 깜짝 놀란 나는 수건으로 급히 주스를 닦아냈지만, 이미 키보드 사이사이로 스며든 끈적한 주스는 맥북의 신경을 마비시키고, 한순간에 맥북을 잠들게 했다.

졸업 작품 마감을 일주일 남겨놓고 발생한 사태였다. 사색이 된 나는 한참 넋 놓고 있다가 다행히 외장하드에 데이터들을 백업해놓았다는 사실이 떠올라 깊은 안도의 한숨을 내쉬었다. 다음 날, 긴자의 애플 스토어를 찾았지만 '소생불가'라는 진단을 받았다. 나의 애처로운 사연을 접한 일러스트 실습 담당 선생님은 흔쾌히 자신의 최신 맥북을 내게 빌려주며 힘내라고 했다. 선생님의 맥북은 빠른 속도는 물론, 가장 최신 버전의 정품 소프트웨어들로 감탄을 자아냈다. 그렇게 우여곡절 끝에 탄생한 나의 졸업 작품은 나와 비슷한 또래(40대) 선생님들의 열렬한 지지에 힘입어 장려상을 수상했다. 그 덕분에 나는 학교에서 마련해주는 전시회에 참가할 자격이 주어졌고, 1학년 후배들 앞에서 졸업 작품 준비 과정을 설명하며 스무 살 청춘들의 부러움 가득한 시선을 원 없이 받았다.

그 후 취업 담당자는 출석률과 학점이 증명해준 성실성과 졸업 작품으로 검증된 재능을 인정해 나의 취업을 적극 도왔다. 하지만 나는 도쿄에서 취업할 생각이 없었다. 무엇보다 도쿄에서 더 이상 살 자신이 없었다. 좁고 답답한 집도, 서늘한 겨울도, 숨 막히게 더운 여름도 모두 힘겨웠다. 그런 내게 담임 선생님과 취업 담당자는 도쿄에서 취업을 하는 게 새로운 경험과 기회가 될 거라고 재차 강조하며 이력서를 쓰게 했다.

도쿄의 전문학교 취업 담당자는 이력서부터 포트폴리오까지 모든 걸 코디해준다. 일본 기업도 신입 사원의 나이 제한이 있어서 취업 담당자는 한국에서의 내 경력을 검토하고, 중간 관리자로서 일할 수 있는 중소기업들을 선별해줬다. 그중 대부분이 광고 회사였다. 나는 도쿄까지 와서 한국에서 하던 일을 반복하고 싶지 않다고, 무조건 그림을 그릴 수 있는 회사였으면 좋겠다고 딱 잘라 말했다. 그리고 며칠 후, 어느 게임 회사의 면접을 보게 되었다. 30대 후반으로 보이는 사장은 다짜고짜 정체불명의 캐릭터 그림을 펼쳐 보이며, 이들에게 부여하고 싶은 세계관을 설명해보라고 했다. 이런 그림에 무슨 세계관씩이나, 하는 의문이 들었지만 나는 담담하게 대답했다. 어떤 의도로 그려진 것인지 그 과정을 알 수 없으니, 나는 그것에 대해 할 말이 없다고. 갑자기 긴장의 끈을 놓아버린 듯한 그의 얼굴은 더 이상 내게 궁금한 게 없어 보였다. 그것으로 면접은 끝이었다.

그는 슬그머니 미소를 머금고 말했다. "당신의 경력과 당신의 시도가 대단해 보였어요. 그래서 우리 회사의 철없는 디자이너들의 매니저가 될 수 있을 거라고 생각했는데, 역시 당신은 당신의 그림을 그리고 싶은 거군요." 그와 어색한 악수를 하고, 추적추적 비가 내리는 거리를 걸으면서 생각했다. 그래, 한국으로 돌아가자. 그리고 내 그림을 그리자.

면접보다 이력서 쓰는 게 더 어렵다
손으로 적다 한자로 써야 한다는 사실!

무용한 것들

명문 대학교 회화과를 졸업한 A 씨는 대학을 졸업한 지 1년이 지났지만 좀처럼 취업이 되지 않았다. 오늘도 포트폴리오를 들고 여기저기 면접을 봤지만, 면접관의 얼굴은 시큰둥했다. 뭐랄까. '너보다 더 괜찮은 사람이 왔으면 좋았을 텐데…' 하는 표정과 미소였다. 좌절한 A 씨는 지하철에 몸을 실었다. 창문 너머 뻥 뚫린 강을 보다가 무언가에 홀린 듯 급히 지하철에서 내렸다. 무거운 발걸음은 강가로 향했고, 할아버지의 민머리처럼 잔디가 띄엄띄엄 난 인적 드문 곳에 자리를 잡고 털썩 주저앉았다. 가방에서 마시다 만 미지근한 녹차병을 꺼내 한 모금 크게 삼키고, 자동으로 숙어지는 머리를 따라 시선은 바닥으로 향했다. 쌀 한 톨만 한 구멍으로 개미들이 일렬로 줄지어 나왔다. 개미들은 땅바닥에 떨어진 개미구멍보다 더 큰 과자 부스러기를 운반하기 시작했다. 과자 부스러기를 둘러싸고 행진하듯 부지런히 움직였고, 죽은 듯이 잠시 멈췄다가 다시 움직였다. 개미들의 먹이를 위한 사투를 묵묵히 보다가 눈알이 뻐근해지는 걸 느끼며 고개를 들었다. 어느새 하늘은 짙은 코발트색으로 물들어 있었고, 저 멀리 페리의 불빛이 반짝였다. 언제 이렇게 시간이 흘렀을까?

그는 오늘 무용한 것들의 하루를 훔쳐보느라 나의 하루를 그냥 흘려보냈다는 생각에 깊은 한숨이 절로 나왔다. 그러다가 문득 생각했다. 그래, 저들처럼 서두르지 말고 한 가지만 생각하고 한 가지를 위해 살아보자. 무조건 그림을 그리자. 그리고 그림과 함께 세상 밖으로 조금씩이라도 움직여보자.

이 스토리는 내가 다니던 학교에서 일러스트를 가르치는 어느 '미술 천재'의 쓸쓸한 취업 도전기이다. 그 후로 그는 아르바이트로 생계를 유지하며 다양한 방법들을 접목해서 그림을 그렸고, 그의 작품성을 인정한 기업의 후원을 받아 대학원까지 다닐 수 있었다. 그 덕분에 이제는 여러 곳의 전문학교와 본인의 모교에서 교편을 잡게 되었다.

그는 '무용'한 것들을 주제로 그림을 그려오라고 과제를 내며, 서두에 자신의 경험담을 털어놓았다. 살다 보면 무용해 보이는 것들로부터 돌연 습격을 당하는 것처럼 훅 용기를 얻기도 하고, 뜻밖의 영감에 사로잡히기도 한다고. 세상에는 나에게 무용한 것들이 더 많지만, 그것들에 관심을 두기 시작하면 다양한 볼거리가 생겨 인생이 풍성해진다고. 게다가 무용한 것들은 대개 공짜라고 덧붙이며 환하게 웃었다.

어느 일요일 오후, 후배와 풋귤청을 만들다가 문득 선생님의 이야기가 떠올랐다. 이때만 잠깐 나왔다가 사라지는 그저 시큼하기만 한 이 연둣빛의 귤로 어떻게 청을 만들 생각을 했을까? 하긴, 쓰레기봉투에 그림을 그려 예술품으로 승화시킨 뉴욕의 아티스트들도 있었다. 그리고 보면 무용해 보이는 것을 유용하게 만드는 일이야말로 인생의 색다른 발견이자 묘미일지도 모른다. 내 주위를 둘러싼 무용한 것들에게 자신만의 아이디어를 더해보자. 모르는 일이다. 기적이 일어날지도.

피망을 보며 한 시간째 스케치 중…
볼수록 오묘하니 빠져든다

그만 쳐다봐~   속 빈다~

'관찰은 나물과 하는 대화다'

운을 높이는
가장 멋진 방법

유럽 여행을 마치고 도쿄에 잠시 들린 후배 S는, 내게 다짜고짜 선물이라며 타로를 건넸다. 이게 뭐냐며 놀란 내 얼굴을 빤히 보면서 S는 말했다. "런던 벼룩시장에서 이걸 우연히 발견했는데 언니 생각이 번쩍 나는 거야. 언니 거라는 생각이 들었어."

후배가 그렇게 말하는 데는 이유가 있었다. 우리는 소위 논리의 근거와 이유를 따지고 드는 직업군에 종사하면서도 점보는 걸 즐겼다. 신점부터 사주까지 용하다는 집들을 잘도 찾아내 정보를 교환하고, 재미 삼아 몰려다니곤 했다. 몇 년 전, 어느 점집이었던 것 같다. 상아색 한복을 곱게 차려입은 전형적인 중국 미인상의 젊은 무녀가 내게 말했다. "영혼이 맑고 투명해서 예지력이 남다르며 자신이 꾼 꿈이나 직감 등이 잘 맞으니, 그거다 싶으면 밀어붙여라." 그 후로 선후배들은 결과가 모호한 일들을 맡게 되면 내게 와서 그걸 해야 하는지 말아야 하는지 묻곤 했다. 그때 당시 무슨 까닭인지 나의 훈수는 제법 잘 맞았고, 한동안 '신기 충만한 여인'이라는 별명으로 불리기도 했다.

한국으로 돌아와 인문학적 관점에서 써 내려간 사주명리학 관련 책을 한두 권씩 읽으면서, 내가 본 그 많은 사주가 단순한 것이 아님을 알게 되었다. 삶의 긴 서사가 담긴 드라마틱한 해법들이 흥미로웠고, 그 책들은 '지지리 운도 없다'는 말을 달고 사는 내게 운을 높이는 아주 멋진 방법을 알려줬다.

바로, 어르신들에게 잘하는 것이다. 이분들이 하늘로 돌아가셨을 때 그동안 고마웠던 인연들을 쭉 떠올리게 되는데, 그때 나를 떠올리면 나의 운이 높아진다고 한다. 쉬운 예로, 임종을 앞둔 할머니가 손주를 위해 기도를 하는 것과 비슷하다 (믿거나 말거나이지만). 어르신들에게 잘하는 것은 당연한 도리이고 그걸 지금부터라도 습관처럼 이어가면 나의 운이 올라간다는데, 이보다 더 괜찮은 방법이 있을까? 착한 일도 하고 운도 높이고 그야말로, 도랑 치고 가재 잡는 격이다.

할머니의 환한 미소 덕분에…
걷는 내내 행복했다!

괜찮아요
제가 힘이
장사라서요~

아이고야~
무거울 텐데…
아가씨가

TIP

길을 가다가 우연히 어떤 어르신이 도움을 청한다면 그때야말로 운을 높을 수 있는 최상의 기회다. 기꺼이 도와드리고 운을 한 단계 높여보자.

보이지 않았던 것들

지금까지 나는 바쁘지 않으면 불안했다. "바빠서 깜빡했어", "바쁜데 어떡해" 같은 변명과 이유를 마치 훈장처럼 달고 살아야 잘 사는 것 같았다.

그런 내가 다시 학생이 되자 날마다 무더기로 쏟아지는 한가한 시간이 당황스러웠다. 게다가 내 지난 세월을 아무도 기억해주지 않는 곳에서 배움을 향한 열정 하나로 버티기에는 내 나이가 너무 무거웠다. 일본어 학교에 다닐 때에는 매일 넘치는 시간을 메우기 위해 미친 듯이 거리를 헤맸다. 무조건 뭐라도 해야 한다는 강박에 시달리며 서점에 들르고 백화점을 기웃거리고 화방과 문방구를 돌며 내가 지금 이곳에 있는 존재 이유를 억지로라도 찾으려 했다.

그러나 지금 생각해보면, 그렇게 나를 바쁘게 몰아친다고 한들 단번에 이유가 찾아지는 것도 아니었다. 그때 내가 알아야 했던 것은 여기에 있는 존재의 '목적'이었다. 1년 후 디자인 학교에 입학하면서 한가한 시간은 반으로 줄었고, 과제가 늘면서 또 반으로 줄고, 결국은 밤을 새워야 하는 지경이 되고 말았다. 물론 일을 하면서 밤을 새우는 것과는 차원이 달랐다. 물감을 잔뜩 펼쳐놓고 정신없이 그림을 그리다 보면 커피한 잔을 천천히 마신 것 같은데 어느새 날이 밝아오곤 했다.

그렇게 또 쏜살같이 2년이 흘렀다. 디자인 학교를 졸업하고 도쿄에 온 후 처음으로 아무것도 하지 않으며 멍만 때리는 한 달을 보내게 되었다. 내게 어떠한 죄책감도 없는 진짜 휴식을 주고 싶었다. 아침에 눈을 뜨면 창밖 날씨부터 살피고 가벼운 옷차림으로 근처 카페에서 커피를 사고, 어슬렁어슬렁 동네 한 바퀴를 돌면서, 나보다 늘 아침잠이 많은 단짝 친구 C에게 전화를 걸었다. 날씨가 좋으니 공원에서 산책이나 하자고 친구를 조르고, 햇살이 적당히 눈 부신 시간에 맞춰 집을 나섰다.

만개한 벚꽃들 사이로 보이는 4월의 하늘은 눈부셨다. 늘 다니던 길이었지만 오늘따라 유난히 살갑게 느껴졌다. 느긋하게 걸으며 주위를 둘러보자 평소에는 잘 보이지 않던 것들이 내 눈에 들어오기 시작했다. 집마다 조그만 화단들이 있고, 어느새 활짝 핀 이름 모를 봄꽃들이 골목길을 알록달록 가득 채우고 있었다. 나는 유난히 앙증맞은 진한 분홍색 꽃 앞에서 걸음을 멈췄다. 그때 내 옆을 지나가던 할머니가 잔잔한 미소를 머금으며 내게 말했다. "참 예쁘지요? 지금밖에 볼 수 없는 귀한 꽃이랍니다." 괜스레 가슴이 뭉클해져 고개를 끄덕이며 환한 미소로 답했다.

바쁠 때는 내가 가진 것이 무엇인지, 내가 갖고 싶은 것이 무엇인지 보이지 않았다. 단지 정신없이 바쁘기만 했다. 그것이 전부였다. 다시 학생이 되어 보낸 시간은 반드시 그렇게 살지 않아도 괜찮다는 걸 어렴풋하게나마 깨닫게 해줬다. 앞으로 그 시간을 넉넉하게 쪼개서 내 주위에 흩어져 있는 수많은 아름다움을 보고 느끼는 데 쓰고 싶어졌다. 하나하나 눈에 담고 가슴으로 다정하게 보듬어주면서 말이다.

바빠서 못하면 평생 못한다

TIP

꽃놀이, 단풍놀이, 봄가을의 소풍은 어르신들과 아이들만의 전유물이 아니다. 시간을 쪼개서 누려보자. 계절이 숨겨놓은 아름다움을 보물찾기 하듯이 찾아보자.

또 다른
나를 깨우는
일상 새로 고침
안내서

일상 새로 즐기기

"어제와 다를 바 없는 오늘을 쌓아가면서

가벼운 희망들을 이루고 품으며

살아가는 것 또한 희망이다."

인연의 끝이란

"인연이란 말은 시작할 때 하는 말이 아니라 모든 일이 끝날 때 하는 말이에요."

영화 〈동감〉의 명대사다. 새로운 사람을 만나는 게 마냥 신났던 철부지 시절엔 이 말이 잘 이해되지 않았다. 인연의 시작을 예찬하던 그 수많은 간드러진 노래와 시와 소설과 드라마가 모두 거짓일 리 없으니까.

하지만 이제는 그 말이 무엇을 뜻하는지 알 것도 같다. 운명적으로 시작되는 인연보다 갖은 우여곡절을 겪어도 끝나지 않은 인연이 진짜 인연이다. 그것은 평양냉면의 밍밍한 국물을 식초나 겨자 없이 음미할 수 있을 정도로, 제법 살아봐야만 아는 인생의 수수께끼이기도 했다.

회사를 떠난 후 4년간의 유학 생활을 끝내고 돌아온 나는, 한층 더 노트북을 닮아가는 스마트폰을 샀다. 새 휴대폰 속의 텅 빈 연락처를 물끄러미 봤다. 나는 매달 약간의 요금을 내면서까지 내 전화번호가 다른 누군가의 것이 되지 않도록 꿋꿋이 지켜냈다. 내가 없는 한국에서의 빈자리를 이 번호가 외롭게 지키고 있었던 셈이다. 통신사에서 전에 쓰던 휴대폰을 가져오면 연락처를 새 폰으로 옮겨준다고 했다. 나는 잠시 망설이다가 그냥 괜찮다고 답했다. 어떤 우여곡절에도 끝나지 않은 인연, 일을 말끔히 걷어낸 때 묻지 않은 인연. 문득 그런 인연들로 인간관계를 다시 리셋하고 싶다는 욕심이 들었다.

나의 시나리오는 이랬다. 도쿄까지 왕림하며 자신들이 나의 인연임을 꾸준하게 각인시켰던 그들에게 내 전화번호가 바뀌지 않았다는 걸 알린다. 그리고 나의 행보가 궁금하거나 나를 그리워하는 누군가가 있으면 알려주라고 말한다. 그다음 전화를 걸어오면 뜨거운 재회를 하고, 그들의 전화번호를 내 연락처에 기쁜 마음으로 저장한다.

그러나 나의 기대와 달리 일주일이 지나고 한 달이 지나도, 나의 '인연 리셋 프로젝트' 우선권을 부여받은 지인들 외에 다른 전화는 오지 않았다. 조금씩 소심해지다가 이내 서운한 마음이 들었다.

어느 날, 애플이 골라주는 최신 유행곡을 들으며 동네를 산책하다가 급하게 집으로 뛰어 들어갔다. 서랍을 뒤지고 또 뒤져서 길쭉한 초콜릿 바 같은 검정 휴대폰을 찾아냈다. 그리고 가까스로 찾아낸 충전기를 콘센트에 꽂고, 쭈그려 앉아서 빠르게 연락처를 내리다가 이내 힘없이 고개를 들었다. 딱히 전화를 걸고 싶은 사람이 없었다. 끝이었다. 이제야말로, 인연이 아니라고 말해야만 하는 이별의 순간이 온 것 같았다. 나는 휴대폰에 충전기를 돌돌 말아 지퍼백 속에 담고 다시 서랍 깊숙이 넣었다. 아마도 다시 꺼내는 일은 영영 없을 것 같다.

어쩌면 그 인연들 속에서 옛날의 나를 다시 한번 떠올리고 싶었는지도 모른다. 내가 잊기로 했다고 먼저 선을 그었지만, 결국 잊히는 것이다. 나는 새 휴대폰 속 연락처에 이름을 올려 준 그 멤버들만으로 남은 인생을 채우기로 했다. 욕심부리지 않기로 했다. 밥 한 공기로 채울 수 있는 허기를 식탐을 부리며 과식할 필요는 없으니까. 그 밥을 한 알씩 곱씹으며 오래오래 음미하면 그만이다

내 인연의 네잎클로버
고마워, 사랑해~

결혼은
다음 생에

은행 비가 내리던 대학 시절의 어느 가을날, 한 학기를 같이 보내며 허물없이 친해진 동기들과 엠티를 갔다. 무슨 조화인지 우리 과는 문과대임에도 불구하고 남학생 수가 공대생 수준으로 많았고, 덕분에 나는 입학과 동시에 팔자에도 없던 공주 대접을 받았다. 매너 좋은 남자 동기들은 서울이 낯선 나를 위해 학교생활의 많은 부분을 배려해줬고, 우렁 각시처럼 알뜰살뜰 보살펴줬다.

우리는 강촌으로 가는 기차 안에서 각자 챙겨온 간식들을 나눠 먹으며 수다를 떨었다. 마른오징어를 좋아하는 나를 위해 고슬고슬 잘 구운 오징어를 젓가락 크기로 찢어서 내게 건네며, 그 당시 나의 보디가드를 자청했던 친구가 말했다. "우리 중에 가장 먼저 결혼하는 사람은 누굴까? 투표 한번 해볼까? 나중에 결혼할 때 냉장고 사주기 어때?" 모두 재미있는 아이디어라고 고개를 끄덕이며 웃었다. 스프링 노트 몇 장을 4등분으로 접어 찢은 후 한 조각씩 나눠 가지고 각자 생각하는 사람의 이름을 적어서 그의 야구 모자에 담았다. 결과는, 내가 압승이었다. 두 표를 제외하고 모두 내 이름이었다. 나는 한참 소개팅에서 주가를 올리고 있는 과 대표의 이름을 썼으니까, 나를 포함한 다른 한 명을 제외하고 모두 다 내 이름을 쓴 거였다. 나는 새침하게 어깨를 으쓱하며 말했다. "뭐, 그럴지도 모르지만, 아닐지도!"

결과는, 아니었다. 취업 후, 나는 결혼이라는 걸 가끔 상상하게 했던 남자 친구와 길거리 한복판에서 매정하게 헤어졌다. 그 후로도 3층짜리 계단을 오르락내리락하는 듯 숨 가쁘고 짧은 연애를 몇 번 했지만, 남자 친구라고 당당히 말할 수 있는 상대를 찾지 못했다. 3층짜리 계단을 한 번 올라가는 동안 뜨거웠던 내 마음은 서서히 식기 시작했고, 내려가는 동안 어김없이 상대의 단점들이 눈에 들어오면서 차라리 이 시간에 부족한 잠이나 더 자자, 하는 고약한 생각까지 들곤 했다.

그래도 그때는 누군가 "결혼은 안 하세요?"라고 물으면, 입술을 실룩거리며 답했다. "아직 때가 아닌가 봐요. 짝을 못 만났어요." 그러다가 밀레니엄을 코앞에 두고 '올해 싱글인 사람은 죽을 때까지 영원히 싱글'이라는 저주에 가까운 예언이 흉흉하게 떠돌던 그때, 누군가 내게 또 놀리듯 물었다. "결혼은 안 하세요?" 그럼 나는 짜증 섞인 목소리로 답했다. "바빠서 못 했어요."

그리고 이제 중년으로 성큼 내디딘 나에게 간 큰 누군가가 또 겁 없이 묻는다. "결혼은 안 하세요?" 나는 잠시 숨을 고르고 싱긋 웃으며 말했다. "결혼은, 다음 생에 하려고요."

어느 순간부터 부모님과 친척들은 빼먹으면 서운한 안부처럼 물어대던 결혼 이야기를 더 이상 꺼내지 않는다. 유독 최근

들어 주변의 '엄친딸'들이 결혼이라는 인륜대사를 거창하게
치르고도 사건 사고가 많았기 때문인지도 모른다.

　누군가를 사랑하는지 생각해보기 위해서 가던 길을 멈춰
섰다면, 그때는 이미 그 사람을 더 이상 사랑하지 않는 거라
고 스페인의 한 소설가가 말했다. 내게 결혼은 그런 것이다.
그 사람을 그 순간에 사랑하지 않았던 건 아니지만, 함께 가
다가도 자꾸 멈춰서고 말았던 것. 사람이 변할까? 그러니 결
혼은 다음 생의 깜짝 이벤트로 꼭꼭 숨겨두기로 했다.

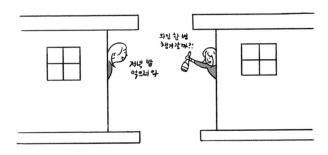

얼마면 되니?

.

밥을 사는 일보다 밥을 얻어먹는 일이 더 많아졌다.

말인즉슨, 상대방이 나보다 더 돈을 잘 번다는 뜻일 수도 있고, 내가 예전보다 못 번다는 뜻일 수도 있다. 둘 다 맞는 말이다. 그들은 나보다 더 잘 벌고 나는 못 번다. 그들 중 누군가는 내게 걱정과 호기심을 적당히 섞어 묻는다. "그동안 많이 벌어놨지? 아니면 물려받을 부모님 재산이 두둑한 건가?" 둘다 틀린 말이다. 그간 벌어놓은 돈은 늦은 유학길에 다 쏟아 부었고 부모님의 재산은 내 것이 아니라 부모님의 것이다.

그렇다고 매일 돈 걱정을 하면서 사는 건 아니다. 도쿄에서 돌아온 후, 1년 동안 지인의 회사에서 일을 했다. 줄곧 하던 일의 연장 선상이었기에 그만큼의 연봉과 대우를 누렸다. 그 때 벌어놓은 약간의 돈으로 지금까지 그럭저럭 살고 있다.

그런데 신기하게도, 한창 밥을 사주기만 했던 그 시절의 잔고와 지금의 잔고가 그닥 차이가 나지 않는다. 물론 세세하게 따지고 들면 그 차이가 클지 모르지만, 통장에 남은 금액은 얼추 비슷하다. 그 이유는 확실히 돈 쓸 일이 줄었기 때문이다. 밥값은 기본이고 옷값, 화장품값 등 나를 회사와 어울리는 사람으로 치장하는 데 드는 돈, 끊어놓고 가지도 않았던 피트니스 센터에 달마다 퍼주던 돈, 직급에 어울리는 카드 하나쯤은 있어야 한다며 덜컥 만들었던 프리미엄 카드의 연회비, 바쁘고 피곤하다는 핑계로 기차 대신 줄곧 이용했던 비행기값 등등 한 번 더 생각하면 쓰지 않았을 돈을 아끼게 되었다.

결국 이래서 줄고 저래서 줄고 하다 보니, 잔고는 내가 프리랜서로 일하면서 가끔 채워주는 돈만으로도 아슬아슬 그 균형을 유지하고 있다. 억지로 내가 돈을 안 쓰려고 애쓰는 것도 아니다. 사고 싶은 것도 사고, 먹고 싶은 것도 먹는다. 단지 돈을 쓰는 데 조금 더 신중해졌을 뿐이다. 사놓고 안 쓰는 것을 줄이고, 먹고 나서 후회할 것은 안 먹는다. 그게 전부다.

내게도 월급이 쌓이던 시절이 있었다. 월급이 많아서가 아니라 쓸 시간이 없어서였다. 그렇게 스트레스와 함께 쌓인 돈은 스트레스를 날리기 위해 허무하게 날아갔다(지름신은 스트레스와 절대적으로 한편임에 틀림없다.) 내 통장에 잔고가 얼마나 있는지 생각하지 않을 정도로 돈이 많은 게 아니라면, 돈은 다 똑같다. 적당히 많은 돈은 쓰는 속도를 높이는 순간 금세 사라진다. 돈 걱정을 하든 안 하든 결과는 달라지지 않는다. 형편에 따라 그때그때 맞춰 살면 된다. 그리고 생각보다 내가 하고 싶은 것을 하면서 살아가는 데는 그렇게 큰돈이 들지 않는다. 단지 사고 싶은 것을 하고 싶은 것으로 착각하지만 않는다면 말이다. 그러니 쓸데없는 돈 걱정은 깊숙이 넣어두자. 어떻게든 먹고 산다.

돼지야, 배부르지?
나도 든든하다~

TIP

아무리 적은 금액이라도 적금이라는 걸 들어보자. 만기가 되어 내 손에
들어온 그 돈으로 또 다른 적금을 들고, 그러다 보면 그 돈은 자동으로 나
의 예비비가 된다. 그럼 아까워서라도 함부로 쓸 수가 없어진다.

뉴욕에서
한 달 살기

어느 4월의 꽃 피는 봄을 나는 뉴욕에서 보내기로 했다. 햇살이 쏟아지는 거리를 걷고, 산미가 진한 커피를 마시고, 작은 갤러리들을 찾아다니며 영감이라는 걸 얻고 싶었다. 추운 겨우내 얼어붙었던 머리와 마음을 녹이고, 작가로 살고 싶다는 나의 간절한 욕망을 다른 누군가의 작품을 향한 질투로 부풀리고 싶었다. 뉴욕은 그러기에 더할 나위 없이 좋은 곳이었다. 튼튼한 다리와 지도만 있으면 어디든 갈 수 있고, 혼자 여행하기에 최적화된 곳이니 말이다.

한인 사이트에서 한 달간 자신의 스튜디오를 빌려주겠다는 한 유학생과 몇 번의 이메일을 주고받았고, 보증금과 한 달 치 방값을 보냈다. 나보다 더 꼼꼼해 보이는 집주인은 내가 불안해하지 않도록 영수증과 보증금을 언제까지 돌려주겠다는 계약서를 보냈다. 스튜디오는 브루클린 다리를 건너자마자 보이는 아담한 주택가에 있었고, 통유리 창문 너머로 보이는 강 건너의 맨해튼 풍경은 그야말로 장관이었다. 최근 젊은 예술가들이 비싼 맨해튼을 떠나 이곳에 둥지를 틀기 시작한 덕분에 각종 아트북을 파는 서점들이 들어섰고, 작은 규모지만 개성 넘치는 갤러리들도 골목 곳곳에 자리 잡았다.

날씨가 유난히 흐렸던 금요일, 미술관에서 온종일 시간을 보내기로 했다. 날씨 탓인지 미술관에 사람들이 뜸했다. 작품을 설명해주는 헤드폰을 끼고 느릿느릿 전시장을 돌았다. 미술관을 차지한 젊은 작가들의 작품에는 생명력과 활력이 넘쳤다. 이곳 뉴욕이 자신의 무대임을 당당히 증명해내고 있었다. 그들을 향한 나의 질투는 단박에 부러움이 되었고 넘볼 수 없는 장벽이 되어 금세 주눅 들었다. 어둑어둑해진 브루클린 다리를 축 처진 어깨로 건너며 오늘 저녁은 근사한 걸 먹어야겠다고 생각했다. 오늘은 더 이상 초라하기 싫었다.

구글이 추천해준 레스토랑으로 향했다. 스테이크와 와인을 주문하고, 무심하게 주위를 둘러보다 창가 테이블에 마주 앉은 두 노인에게 시선이 멈췄다. 조그만 창문으로 별들이 빽빽한 까만 하늘이 보였고, 두 노인은 서로의 눈을 수시로 마주치며 소곤소곤 이야기를 나누고 있었다. 나는 주문한 고기를 썹으며 그림 속 한 장면 같은 그들을 곁눈질했다. 그들의 식사가 끝나자 자그마한 케이크를 든 웨이터가 들릴 듯 말 듯 작은 목소리로 생일 축하 노래를 부르며 그들의 테이블로 다가갔다. 한 노인은 박수를 치고 한 노인은 가는 숨으로 촛불을 껐다. 그들은 여든일곱 번째 생일을 축하하기 위해 이 레스토랑에 온 것이었다. 생일을 맞은 노인은 내게도 케이크 한 조각을 건네며 말했다. "인생은 참 아름다워요. 그렇죠?" 나는 고개를 끄덕이며 환하게 웃었다. 그 순간, 마음이 따뜻하게 녹아내렸다. 뉴욕에서 본 그 어느 작품보다 감동적이었다. 내가 뉴욕에 온 이유는 바로 이것 때문인지도 모른다. 인생은 아름답고,

그 아름다움을 놓치지 말라고. 그것을 그리고 쓰면서 잊지 말라고 스스로 다짐하기 위해.

현지인처럼 살아보기 첫 단계…
카페에서 하루 종일 멍 때리기~

TIP

자신의 소울메이트 같은 도시가 있다면 어디든 한 달쯤 살아보자. 현지
인처럼 생활하면 생각보다 큰돈이 들지 않는다. 해외일 경우는 한인 사
이트를 통해 방학 중에 한국으로 돌아오는 유학생의 집을 빌리면 훨씬 저
렴하다. 물론 신중하게 고르고 확인해야 하지만.

무릎 담요 같은 하루

새해다. 새로운 한 해. 우리는 매번 '새로운'에 방점을 찍고, 작년보다 더 나아져야 한다는 강박에 시달리며 소원을 빌거나 계획을 세우곤 한다.

그런데 솔직히 365일이 지나면 매번 들이닥치는 '새해'라는 거창한 명분 앞에 뭘 또 그렇게 다짐하고 마음을 추스르고, 안 하던 걸 혹은 안 되던 걸 해보겠다고 대찬 기압을 넣어야 하는 걸까? 새해는 그저 '0000년도'라는 꼬리표를 단 오늘의 연속일 뿐이다. 늘 하던 대로 하면 그만이다. 안 하면 안 되는 숙제처럼 새해 첫날부터 계획을 짜내지만 그 자체가 또 스트레스가 된다.

'새해 첫날, 새벽부터 일출을 보러 가는 사람들의 행렬 속에 씩씩하게 끼어들었다. 피난민처럼 떠밀리듯 산 정상에 올랐고, 잠시 후 이글이글 떠오르는 붉은 태양 앞에 "헉" 하고 감탄사가 터져 나왔다. 벅찬 마음에 마른 침을 꿀꺽하고 삼키자 오랜만에 심장이 쿵쾅댔다. 그 감정이 뭔지는 잘 모르겠지만, 새해에 내가 해야 하는 묵직한 도전을 향한 설렘이라는 착각에 빠진다. 서둘러 집으로 돌아와 잘 다려진 셔츠처럼 빳빳한 신년 다이어리를 펼치지만, 딱히 써 내려갈 게 없다는 사실에 그만 머쓱해졌다.'

새해부터 작심하고 해돋이를 다녀온 후배 H가 아침부터 내게 전화를 걸어 숨도 안 쉬고 털어놓은 넋두리이다. 단편 소설의 도입부가 따로 없었다. "그러니까, 새해라고 해서 특별해지려고 하거나 기대를 하면 안 돼. 우리는 지금도 각자의 인생을 위해 꾸준히 무언가를 해오고 있으니까 그거면 돼." H의 넋두리가 끝날 때까지 묵묵히 경청한 후, 내가 건넨 짧은 총평이었다.

새해 첫날, 나는 지인들과 바닥이 따뜻한 방에 옹기종기 모여 앉아 커피를 마시며 뒹굴뒹굴 게으름을 피웠다. 폭신한 쿠션 하나를 껴안고, 또 하나는 반쯤 누운 등 뒤에 밀어 넣고, 테이블보만 한 무릎 담요를 허리까지 끌어올리고, 동그란 쟁반에 담긴 귤을 까먹으며 일상의 수다를 떨었다. 그 누구도 '새해엔 말이야'로 시작되는 결심이나 다짐을 입 밖으로 꺼내지 않았다. 슬슬 나이가 무거워지는 것을 실감하면 새해는 그저 숫자가 바뀌는 시간에 불과해진다. 그렇다고 해서 내가 달라질 거라는 특별한 기대도 없으니 어쩌다 엎어지고 깨져도 실망하지 않는다. 또 그럴 때면 생각지도 않았던 행운이 덤으로 굴러 들어올 수도 있다는 걸 곱씹으며 웃는다.

나는 깜빡 잠이 든 지인의 어깨 위에 무릎 담요를 덮어주며, 문득 무릎 담요 같은 오늘에 대해 생각했다. 과하지도 부족하지도 않은, 필요한 만큼의 충분한 따뜻함이 있는, 나만의 요량으로 나만의 쓸모를 만들 수 있는, 남들에게 양보해도 아깝지 않은, 그 이상을 욕심부리지 않는 하루. 그런 오늘을 반복하며 살면 좋겠다는 생각이 들었다. 그렇게 살면, 성공한 사람은 못 되어도 지루하거나 심심한 사람은 되지 않을 테니까.

해야 할 일을 쓰는 것보다
해낸 일을 쓰는 것이
더 즐겁지 않을까?

1月

어제 뭐 했더라~

딸은 그렇게
엄마의 친구가 된다

주말에 집으로 온 내게 엄마는 세탁소 비닐에 쌓인 자신의 옷을 건네며 말했다. 작년에 사서 딱 한 번밖에 안 입은 옷인데 너에게 더 잘 어울릴 것 같단다. 나는 슬쩍 웃음이 났다. 분명 그때는 마음에 들었으나 지금은 별로인 그 옷을 내게 떠넘기고, 엄마는 새 옷을 노리고 있는 게 분명했으니까. 나이가 들면 딸은 이렇게 엄마의 친구가 된다.

신기하게도 나는 유년 시절의 기억이 별로 없다. 심지어 초등학교 3학년 이전은 전혀 기억나지 않는다. 어쩌다 엄마가 그때의 내 이야기를 꺼내면, 나는 "내가 그랬다고?" 하며 시큰둥해졌다. 주변의 누군가가 서너 살 때의 기억을 정확히 떠올리는 모습을 보면 더욱 갸우뚱해졌다. 그 까마득한 꼬마 시절이 정말 기억나는 걸까? 나는 왜 아무것도 기억나지 않는 걸까? 혹시 기억하고 싶지 않거나, 기억하고 싶은 그 무엇이 부재하는 것은 아닐까? 사 남매 중 셋째인 나는 장녀도 장남도 막내도 아니었으니, 외로워도 슬퍼도 혼자서도 꿋꿋했을 것이다.

　고등학교를 졸업하고 대학을 서울로 가면서 엄마와의 거리는 더욱 멀어졌다. 마음속으로는 늘 보고 싶고 그리운 엄마였지만, 막상 만나면 머리부터 발끝까지 차근차근 훑으며 잔소리를 늘어놓는 탓에 금세 피곤해졌다. 직장을 다니면서 엄마의 잔소리는 줄었지만 갑자기 집으로 와 온 집을 들쑤셔 놓으며 청소를 하는 것도, 오랜만에 만난 딸이 사주는 점심을 조미료 운운하며 깨작거리다가 숟가락을 놓는 모습도 참아내기 어려웠다.

꼭 필요한 말만 나누던 엄마와 내가 친구가 된 것은 도쿄 유학 덕분이었다. 짐을 부치거나 반찬 등을 조달 받기 위해 나는 다시 엄마에게 의존할 수밖에 없는 상황이 되었고, 이 나이에 그런 번거로움과 걱정을 끼치는 게 죄송했다. 그러니 최소한 전화라도 자주 걸어서 엄마를 안심시켜야 했다. 5분도 채 안 되어 끝나던 대화가 30분을 넘기고, 어떨 때는 휴대폰이 뜨거워질 만큼 통화를 길게 이어갔다. 일방적으로 엄마의 이야기를 듣는 경우가 많았는데, 그때 나는 처음으로 엄마의 외로움을 느끼게 되었다. 엄마는 인생의 가장 빛나는 시절을 자식들과 남편을 위해 다 써버린 자신의 지난날, 그리고 해마다 죽음이 가까워지는 걸 느끼는 지금에 대해 속 시원히 털어놓을 수 있는 친구가 필요해 보였다.

나는 가끔 백화점이나 한 바퀴 돌고 오자며 내 팔짱을 끼는 엄마를 보며 생각한다. 엄마는 외로움이 밀려오는 시간마다 이렇게 누군가를 찾듯이 백화점을 돌았겠구나. 딱히 뭘 사고 싶은 것은 없지만 공허해지는 마음을 어떻게든 위로받고 채우고 싶었겠구나. 문득《엄마를 부탁해》라는 소설 제목이 이 세상의 모든 딸에게 '엄마의 친구가 되자'는 말처럼 느껴졌다.

밤새 엄마 얘기 좀 해봐~

야구는
인생과 같다

'아버지와 친해지고 싶어서요.'

이 나이에 이런 말을 내뱉기가 오글거렸지만… 어느 야구 열성 팬이 자신의 페이스북에 '야구를 보게 된 이유'를 댓글로 달면 여분으로 생긴 3루석 표를 주겠다는 깜짝 제안에, 내가 쓴 댓글이다. 그는 내게 '좋아요'와 함께 기꺼이 표를 줬다. 물론 내가 야구를 보게 된 진짜 이유이기도 하다.

도쿄에서 돌아온 후, 엄마의 간곡한 부탁으로 한 달간 집에 머문 적이 있다. 그리고 나는 처음으로 아버지와 단둘이 많은 시간을 보내게 되었다. 우리는 어색한 부녀지간이라 여지없이 침묵이 흘렀고, 해가 지면 거실에서 묵묵히 야구를 보았다. 일방적으로 채널 선택권은 아버지에게 있었기에 나는 그 옆을 멀뚱멀뚱 지키는 꼴이었다. 지루하기만 한 저 공놀이에 재미를 붙이게 된 건 잠시라도 이 어색한 침묵을 깨기 위해서 이것저것 아버지에게 질문을 던지면서였다. 처음에는 단순한 룰에 관해 물었고, 그다음엔 선수 기용에 관한 나름의 심각한 의견이 오갔고, 나중에는 손뼉을 치며 감독의 지략에 환호를 지르는 경지에 이르게 되었다. 시즌이 끝나자 '야구는 인생과 같다'는 철학적인 결론을 끌어내며, 아버지와 처음으로 이견 없는 공감대를 형성하게 되었다.

그리고 나는 야구를 보면서 '기회는 누구에게나 공평하다'는 사실과 '잘나가다'라는 말이 지닌 참을 수 없는 가벼움과 허무에 관해서 또 한 번 확인하게 되었다.

어떤 선수가 있었다. 가끔 주전 선수가 갑자기 부상을 당하면 그 자리를 대신하는 역할이었다. 그 선수가 등장할 때마다 해설자는 말했다. "참, 안타까워요. 저 선수가 저럴 선수가 아닌데… 고등학생 시절, 정말로 실력이 대단하지 않았습니까? 그런데 참 안 풀립니다. 언젠가 실력 발휘를 하겠죠?" 선수와 개인적인 친분이 있는 건 아닐까 하는 의심이 들 만큼, 그의 말에 진심이 느껴졌다. 그의 말대로 그 선수는 정말 안 풀렸다. 기회가 왔지만 진루타를 쳐내지 못했고, 어쩌다 베이스를 밟아도 어설픈 도루나 어이없는 주루 플레이로 아웃을 당했다. 그리고 그때마다 힘없이 돌아서는 그의 초라한 뒷모습을 향해 해설자는 말했다. "참… 아쉬운 순간입니다. 언젠가 잘하는 때가 오겠죠."

그리고 이듬해, 바로 그때가 왔다. 이번에도 개막전에서 주전으로 선발되지 못한 그 선수는, 거액 연봉을 주고 스카우트한 '잘나가는' 선수의 갑작스러운 부상으로 대신 뛰게 되었다. 그는 놀랍게도 연신 방망이를 휘둘러대며 줄줄이 득점을 올리고, 펄펄 나는 수비를 펼치는 것도 모자라 모두를 기립하게 만든 역전의 주인공이 되었다. 환하게 웃는 그의 얼굴이 처음으로 화면에 클로즈업되는 순간, 해설자가 흥분한 목소리로 말했다. "이제야, 실력이 빛을 발하는군요. 그럼요. 그런 선수니까요." 그리고 부상을 당해 더그아웃을 지키고 있는 그 비운의 '잘나가는' 선수가 잠시 화면에 스쳐 지나갔다. '잘나가는' 그는 한순간에 자의와 상관없이 자신의 자리를 내주고 벤치 신세가 되었고, 늘 벤치를 지키던 '잘 안 풀리던' 그는 틈을 파고들며 실력을 빛냈다. 어떤 방법으로든 기회는 공평하게 주어졌고, 그 선수는 보란 듯이 자신의 기회를 살렸다.

준비되지 않은 자에게 기회는 위기와 같다. 프로의 세계에 뛰어든 이상, 자신의 가치를 증명하기 위해 꾸준히 실력을 쌓는 것은 기본이지만, 자꾸만 타이밍이 엇나가면 행운의 여신이 자신을 외면하고 있다는 억울한 생각이 드는 것도 사실이다. 기회를 제대로 얻지 못하는 노력이 무슨 소용이 있을까 하는 생각에 불끈 쥐었던 두 주먹에 힘이 빠진다. 그러나 그 순간 나에게 기회를 주는 것은 바로 '나'라는 사실을 떠올려야 한다. 파티에 가려면 파티 드레스부터 준비해야 하듯, 어느 날 일확천금의 기회가 들이닥쳐도 내가 준비되어 있지 않으면 성공으로 나아가기는 영영 힘들 것이다.

오늘 내가 얻은 기회는 누군가의 기회일지도 모른다. 그 기회 덕분에 내가 잘나가게 되었다고 해도 언제든지 다음 주자에게 바통을 내줄 준비를 하고 마음을 비워야 한다. 기회는 돌고 돌아서 결국 또다시 내게 새로운 모습으로 다가오기 마련이다. 그러니 억울해하거나 조급해하지 말고, 기회가 내 차례가 될 때까지 느긋하게 기다려보면 좋겠다.

가즈아 ~
홈런만 아니면
오늘은 이긴다!

이럴 수가…
9회 말에 역전
홈런을~

가끔씩 노력도
배신한다는
사실…

참… 허무하네~
이것이
인생인가

TIP

스포츠 경기를 보다 보면 '나만 이런 게 아니구나' 하는 뜻밖의 교훈을 얻
을 때가 많다. 그리고 시간을 내서 경기장에 발을 디디기 시작하면 진짜
로 신세계가 펼쳐진다.

만약에 말이야

　가끔 내게서 젊음이 사라지고 있다는 사실에 초조함을 느낄 때가 있다. 그때마다 옴니버스 영화 〈쓰리, 몬스터〉의 '만두' 이야기를 떠올린다. 영원한 젊음을 꿈꾸는 여배우 칭의 섬뜩한 이야기이다. 당대 최고의 인기를 누렸던 칭은 서서히 늙어가는 자신을 보며 불안해했다. 젊고 예쁜 여배우들에게 밀려나고 남편마저 어린 여자를 만나자 불안하고 다급해진 그녀는 '먹으면 젊어지는' 만두를 매일 먹으며 다시 젊음을 되찾

는다. 그러다 만두의 비밀(낙태한 태아로 만든 것)을 알게 된 그
녀는 젊음에 눈이 멀어 결국 해선 안 될 짓까지 감행한다. 비
밀스럽게 미혼모들의 태아를 공급받아 태아의 속살과 뼈를
통째로 다져서 만두소를 만들고 만두를 빚는 지경에 이른 것
이다. 창백한 그녀가 아름다운 자태로 식탁에 앉아 만두를 먹
는 장면은 참으로 소름 끼쳤다. 무표정한 얼굴로 천천히 그녀
가 만두를 씹을 때 나는 '오도독오도독' 소리는, 젊음을 향한
그녀의 절규이자 온전히 세상 밖으로 나오기도 전에 죽음을
맞이한 태아의 울음소리 같았다.

칭은 왜 그토록 젊음을 지키고 싶었을까? 단순히 아름다운
외모와 주변의 관심 때문만은 아니었을 것이다. 나이 든 칭에
게는 더 이상 없는 것, 바로 젊은이들의 잠재된 가능성을 탐
했던 것은 아닐까? '만약에 말이야… 내가 너희들과 똑같은
젊음을 가지고 있다면 내 삶이 지금과 달라지지 않았을까?'
하는 헛된 욕망을 품은 칭처럼, 나 또한 문득 내 옆을 지나가
는 눈부신 젊음이 한없이 부러워 넋을 놓고 쳐다볼 때가 있다.

그 옛날, 주말이면 한껏 멋을 내고 집을 나서는 스무 살의

나를 향해 할머니는 말씀하셨다. "젊으니까 얼마나 좋아. 뭐든지 할 수 있잖아." 그리고 부러움이 담긴 아련한 눈빛으로 나를 배웅했다. 그러나 젊은 그때의 나는 할머니의 말씀과 달리 뭐든지 할 수 없었다. 단지 뭐든지 할 수도 있다는 가능성을 가진 것뿐이었다. 그 가능성은 젊은 나를 흔들어 겁 없이 앞으로 나아가게 했지만 한없이 미약했고, 나뿐만 아니라 누구나 가지고 있는 것처럼 보여서 마냥 혼란스러웠다. 뚜렷한 목적도 없이 스스로를 다그치며 내가 꿈꾸는 내일을 위한 답을 찾아내라고 닦달했다. 그때의 가능성은 지금의 나를 만들기 위해 쓰였다. 그것이 무엇을 이루어냈고 어떤 결과를 만들어냈는지는 중요하지 않다. 지금까지 내가 존재하도록 나의 찬란한 과거가 되어준 것. 그것으로 제 몫을 다했다고 본다.

젊음을 향한 '만약에 말이야'는 아무런 의미가 없다. 그리고 더 이상 그런 종류의 벅찬 가능성을 등에 짊어지고 살아갈 필요도 없다. '앞으로'의 내게 어떻게 살아줬으면 좋겠다고 당당하게 다음 미션을 주면 그만이다.

눈이 부시게 빛나지 않지만,
저 별처럼 은은하게 빛나고 싶은
나이가 되었다

나의 그녀들에게

40대의 내가 잠옷인지 일상복인지 분간이 안 되는 헐렁한 원피스를 입고 멍한 얼굴로 책상 앞에 앉아서 노트북을 두드리고 있다. 갑자기 주위가 까맣게 어두워지면서 내 앞에 30대의 내가 나타난다. 무엇인가를 열심히 설명하는 중인 30대의 나는 긴장했는지 연신 식은땀을 흘리고 있다. 곱게 화장했지만 피곤함이 엿보이는 내 얼굴은 차츰차츰 땀으로 얼룩진다. 그때 어디선가 또각또각 날카로운 구두 소리가 들린다. 단정한 검은색 정장을 차려입은 20대의 내가 걸어 들어와, 복도 끝의 기다란 의자에 앉는다. 인턴 면접을 위해 비장한 표정으로 허리를 꼿꼿이 세우고 순서를 기다린다. 이름이 호명되어 벌떡 일어서다 그만 무릎에 올려놓은 가방을 떨어뜨린다. 그런 어리숙한 내 모습을 팔짱을 끼고 묵묵히 지켜보던 새침한 10대의 내가 어깨를 들썩이며 너털웃음을 짓는다. 30대, 20대, 10대의 내가 한심한 듯, 부러운 듯 의미를 알 수 없는 얼굴로 40대가 된 나를 중심으로 둥그렇게 모여든다.

이것은 한 시간도 채 되지 않는 짧은 낮잠 속에 펼쳐진 꿈이야기다. 최근 슬럼프에 빠진 내가 못마땅해서 마치 인생의 주마등 같은 이상한 꿈을 꾸게 된 걸까. 꿈속에서 40대의 나는 지난날의 나에게 미안해했다. 아등바등 살아온 너희들의 40대가 '이런 나'여서 안타깝다는 얼굴이었다.

젊음도, 직장도 없는 40대의 나는 지난날의 나보다 내세울 것이 분명 없었다. 그러나 40대의 나는 말하고 싶었다. '나도 내가 이렇게 살 줄은 몰랐어. 우리들은 누구나 예상하지 못한 삶을 살게 되는 법이니까. 그런데 말이야, 이렇게 사는 것도 나쁘지 않아. 그렇다고 예전보다 더 나아졌다거나 대단히 만족스럽다고 말하고 싶지도 않아. 다만, 가장 다행스러운 사실은 이제야 비로소 내가 진짜 좋아하는 게 무엇인지 하나둘씩 알게 되었다는 거야. 솔직히 내가 하고 싶은 일과 좋아하는 일은 달랐을지도 몰라. 대학을 졸업했으니까 부모에게서 독립해야 한다는 현실적인 이유가, 혹은 요즘 유행하는 직업이라는 막연한 이유가 단순하게 '하고 싶은 일'의 이유가 되어버렸고, 어차피 하게 되었으니까 '좋아하는 일'이라고 굳게 믿은 것일지도 몰라. 그럼에도 불구하고, 열심히 구르고 버텨준 너희들 덕분에 지금 내가 이렇게 살 수 있게 되었어. 내 모습이 너희들이 기대했던 것보다 부족해 보일지 모르지만, 그래도 더 나은 삶을 살게 될 거라고, 믿고 응원해주지 않을래? 한결 가볍고 자유로워진 내 몸과 마음은 이제야 비로소 진짜 내 모습을 찾고 있는 중이거든.'

　아마도 나의 그녀들은 분명 나를 믿고 응원해줄 것이다.

앞으로의 나에게…
하고 싶은 거
내 맘대로
실컷 하고
즐겁게, 행복하게
살아줄 것!

TIP

10년 뒤의 나는 내게 어떤 말을 할까. 어떤 말을 듣고 싶을까. 지금의 내가 답답해질 때마다 생각해본다.

가벼운 희망

'희망은 절망을 맛보기 위한 필수품'이라는 글을 본 적 있다. 어딘가 독기가 오른 듯한 희망에 대한 이 냉소적인 견해는 나이가 들수록 고개를 끄덕이게 한다. 우리의 희망은 대부분 턱없이 높은 곳에 있고, 감당할 수 없는 무거운 욕망이 되어 평생토록 어깨를 짓누른다. 누구도 평범한 일상을 희망이라고 말하지 않는다. 내일 아침의 눈부시게 화창한 날씨 역시 희망이라고 말하지 않는다. 그것은 당연하니까. 그런데 죽음을 앞둔 사람에게는 우리에게 너무나 당연한 것들조차 희망이 된다.

사회라는 뜨거운 물에 뛰어들어 허우적거리던 시절, 청춘이었던 내게 희망은 자주 절망이 되곤 했다. 희망은 그러면 그럴수록 절박해졌고, 나의 온갖 불안을 자극하며 가슴을 조여왔다. 돌이켜보면 그때의 희망은 오기에 가까웠다. 내 능력과 비례하여 성취하거나 노력과 끈기만으로 얻을 수 있는 것이 아닌, 그저 고달픈 오늘이 반복되는 것을 묵묵히 버티게 해주는 오기였다. 나는 그 희망의 늪에 빠져 꼼짝도 하지 못했다.

그럴 땐 이상하게도 전혀 생각하지 못했던 일들이 오히려 새로운 희망의 싹이 되어 나를 구해주곤 했다. 몇 달을 죽어라 공들인 프로젝트보다 농담처럼 던진 아이디어가 뜻밖에 놀라운 반응을 불러일으키면서 나와 주변을 당황시키기도 했다. 일에 정답이 없는 것처럼, 인생에도 정답은 없다.

앞으로도 나의 희망은 새털처럼 가벼울 것이다. 날마다 아침 산책을 하는 것이 평생의 희망이 될 것이며, 일주일에 한

번은 지인들과 커피를 마시거나 맛있는 저녁을 먹는 것 또한 놓치고 싶지 않은 희망 사항 중 하나일 것이다. 어제와 다를 바 없는 오늘을 쌓아가면서 가벼운 희망들을 이루고 품으며 살아가는 것 또한 희망이다.

오늘의 희망 사항...
최고로 맛있는 커피를
한가득 내려주소서~

coffee

TIP

날마다 오늘의 희망 사항을 메모해본다. 그리고 그 희망 사항을 내일이
오기 전에 꼭 이루도록 애쓴다. 그러기 위해서 그 희망 사항은 가벼울수
록 유리하다는 사실을 명심한다.

많은 것들이 잘 지나가도록

"모든 것은 오고 가고 또 온다."

카프카는 마지막 일기에 이렇게 썼다. 회사를 떠났다고 올 일이 오지 않는 것도 아니고, 오지 않을 일이 오는 것도 아니다. 단지 그 관점이 달라졌을 뿐이다.

내가 회사를 떠나기로 한 것은 세상으로부터 달아나고 싶어서가 아니었다. 세상 속에서 잃어버린 나 자신을 되찾고 싶었다. 그리고 나의 길에 다가오는 많은 것들이, 나의 속도로 잘 지나가도록 충분히 숨을 고르고 싶었다. 인생은 언제나 계획대로 되지 않지만, 그렇다고 아무것도 하지 않으면서 마냥 뒷짐을 지자는 이야기도 아니었다. 내게 진짜 기회를 주고 싶었다. 앞으로는 누구의 몫이 더 큰지, 누구의 짐이 더 큰지 더 이상 따지고 싶지 않았다. 내게 집중하는 지루하고 평범한 날들을 보내고 또 보내면서, 어느 순간 이렇게 살아도 아무렇지도 않다는 생각이 자연스럽게 들 때까지 기다려주고 싶었다. 그동안 나는 할 만큼 했다고 믿었고, 내가 이룬 것들을 꺼내 보이며 누군가의 허락을 받아야 할 이유는 없었다. 단지, 스스로의 납득이 필요했다. 나답게 살아갈 수 있을 때까지 덤덤하게 흘러가는 시간을 기꺼이 참아내야 했으니 말이다.

일을 하지 않겠다는 것은 돈을 벌지 않겠다는 것과는 분명 다르다. 일이 전부였던 인생을 더 이상 살지 않고, 일에서 자유로워지겠다는 뜻이다. 일에만 의존하며 보내던 하루가 너무 익숙해 그렇게 살지 않으면 살 수 없을 지경이 된 스스로에게 이제부터라도 하고 싶은 일을 선택하게 하고, 그 선택에 책임을 묻기보다 따뜻하고 상냥한 자기만의 방식으로 응원해주며 살겠다는 이야기이다.

일에서 누구나 자신만의 화양연화가 있다. 거창하게 세상이 알아주지 않았을 뿐이다. 최선을 다했기에 아쉬움이 없고, 그렇게 만들어낸 결과가 너무 기특해서 퇴근길에 절로 웃음이 나왔던 순간들. 그런 순간을 한 번이라도 경험했다면 일에서 더 이상 자신을 증명하기 위해 애쓸 필요가 없다. 당신은 최고의 시절을 담담하게 지나갔거나 지나가는 중이니까. 그렇기에 어떤 이유로 일을 떠나게 되었다고 해서 미련을 가질 필요가 없다. 이제는 선택이다. 더 나아갈 것인가, 다른 길을 둘러볼 것인가. 결정은 오롯이 당신의 몫이다.

익숙한 것에서 멀어지는 것을 두려워하지 말자. 반복되는 루틴은 안정감을 주지만 우리를 옴짝달싹 못 하게 한다. 그러니까 자꾸 불안해질 수밖에 없다. 모호한 불안감은 '설마'로 떨쳐내면 그만이다. 당신이 걱정하는 일의 90퍼센트는 일어나지 않는다고 했다. 더 이상 밤에 자책하지 않으며, 평범하게 잘해온 그저 그런 하루를 반복해도 괜찮다고, 너의 불안은 당연하며 누구나 그렇다고 스스로 거리낌 없이 말해줘야 한다.

　더 이상 확신에 찬 삶을 강요하지 않아도 된다. 뒤돌아보면 나의 확신은 오만에 가까웠고, 자만의 다른 이름이었으며, 나약한 마음과 두려움을 감추기 위한 방편이었다. 그저 나를 이해하면 된다. 나를 이해하면 세상에 이해하지 못 할 일이 없다. 그 순간, 세상은 내 편이 되고 나는 세상의 편이 된다. 남은 생은 이렇게 살아도 근사하지 않을까?

남은 생은 일하지 않습니다

2020년 3월 10일 초판 1쇄 발행
2020년 7월 20일 초판 2쇄 발행

지 은 이 | 김강미
펴 낸 이 | 서장혁
책임편집 | 장진영
디 자 인 | 조은영
마 케 팅 | 한승훈, 최은성, 한아름

펴 낸 곳 | 봄름
주   소 | 경기도 파주시 회동길 216 2층
T E L | 1544-5383
홈페이지 | www.bomlm.com
E-mail | support@tomato4u.com
등   록 | 2012. 1. 11.

I S B N | 979-11-90278-20-1 (03810)

봄름은 토마토출판그룹의 에세이 브랜드입니다.